Susanne James
Legado envenenado

Editado por HARLEQUIN IBÉRICA, S.A.
Núñez de Balboa, 56
28001 Madrid

© 2012 Susanne James. Todos los derechos reservados.
LEGADO ENVENENADO, N.º 2187 - 10.10.12
Título original: The Theotokis Inheritance
Publicada originalmente por Mills & Boon®, Ltd., Londres.

I.S.B.N.: 978-84-687-0886-7
Depósito legal: M-27965-2012
Editor responsable: Luis Pugni
Fotomecánica: M.T. Color & Diseño, S.L. Las Rozas (Madrid)
Impresión en Black print CPI (Barcelona)
Fecha impresion para Argentina: 8.4.13
Distribuidor exclusivo para España: LOGISTA
Distribuidor para México: CODIPLYRSA
Distribuidores para Argentina: interior, BERTRAN, S.A.C. Vélez
Sársfield, 1950. Cap. Fed./ Buenos Aires y Gran Buenos Aires,
VACCARO SÁNCHEZ y Cía, S.A.
Distribuidor para Chile: DISTRIBUIDORA ALFA, S.A.

Capítulo 1

HELENA comprobó la hora al llegar al aparcamiento del bufete de abogados Messrs Mayhew and Morrison, en Dorchester. Eran las tres menos cinco minutos de una fría tarde de abril, lo cual significaba que llegaba con cinco minutos de adelanto y que el trayecto desde Londres había sido rápido.

Sin embargo, tenía una sensación de nostalgia. Siempre la tenía cuando volvía a Dorset, su localidad natal. Y esta vez, llevaba mucho tiempo sin volver; exactamente cuatro años, desde el entierro de su padre, Daniel.

Abrió su bolso, sacó la carta del abogado y la leyó una vez más. Se limitaba a confirmar la fecha de la lectura del testamento de la señora Isobel Theotokis.

Cuando devolvió la carta al bolso, los ojos se le habían humedecido. La señora Theotokis, empleada de su padre durante muchos años, no se había olvidado de ella ni había olvidado la promesa que le había hecho en su infancia: que algún día, le regalaría su preciosa colección de figuras de porcelana.

Helena se miró en el retrovisor del coche. Sus veteados y grandes ojos azules parecían brillar con algunos tipos de luz, hasta el punto de que alguien había dicho en cierta ocasión que parecían sacados de la vidriera de una catedral. Era de rasgos regulares, nariz pequeña y piel clara. Y aquel día, se había recogido su densa melena rubia en un moño.

Salió del coche y se dirigió al bufete de abogados. La recepcionista alzó la cabeza al verla y sonrió.

—Buenas tardes. Soy la señorita Kingston.

—Ah, sí... buenas tardes, señorita Kingston —la chica se levantó y la llevó hacia uno de los despachos—. El señor Mayhew la está esperando.

John Mayhew, socio principal del bufete, se levantó para saludarla y estrecharle la mano. Era un hombre bajo, de cejas tan pobladas como blancas y bigote tan blanco como las cejas.

—Gracias por venir, Helena.

A ella se le hizo un nudo en la garganta. John era un viejo conocido de Helena; el hombre que había llevado los asuntos legales de su padre.

—Siéntate, por favor —continuó el abogado—. Tenemos que esperar a la otra parte interesada... pero supongo que llegará enseguida.

John acababa de terminar la frase cuando la puerta se abrió. Helena giró la cabeza y su mente se llenó inmediatamente de recuerdos.

No lo podía creer.

Era Oscar. El sobrino nieto de Isobel, el chico

del que una vez había estado enamorada, el chico con quien se había iniciado en el amor.

Pero desde entonces habían pasado diez años; toda una vida.

Intentó controlar su nerviosismo y lo miró. Seguía siendo el hombre más guapo y más sensual con quien había estado. Su corte de pelo era algo más formal de lo que recordaba, pero sus labios, que la habían besado tantas veces, no habían cambiado en absoluto. Llevaba un traje que hacía justicia a su cuerpo delgado y poderoso y una camisa blanca con el cuello abierto.

Oscar le devolvió la mirada y ella tragó saliva.

—Creo recordar que os conocéis —dijo John—, pero por si acaso, permitidme que haga las presentaciones.

—No te molestes, John —intervino Oscar—. Nos conocimos hace muchos años, cuando yo iba a visitar a mi tía abuela en vacaciones. ¿Qué tal estás, Helena?

John le estrechó la mano y el corazón de Helena se aceleró al sentir el contacto de sus largos dedos.

—Bien, gracias —contestó con naturalidad—. ¿Y tú?

—Muy bien.

Oscar se sentó en uno de los grandes sillones que estaban frente a la mesa de John y lanzó una mirada rápida a su vieja amiga.

La pálida y, a veces, lánguida Helena se había convertido en una mujer refinada y extraordinariamente atractiva que exhibía todos los atributos de la naturaleza femenina. Llevaba una chaqueta azul, una camisa de color crema y unos pantalones negros, con zapatos de tacón alto. Al ver que la miraba, abrió la boca como si estuviera a punto de decir algo; pero John volvió a hablar y Oscar no tuvo más remedio que prestarle atención.

Tras los preliminares de rigor, el abogado abrió una carpeta y sacó el documento que contenía.

—Aquí tengo el testamento y las últimas voluntades de Isobel Marina Theotokis, firmados en Mulberry Court, en el condado de Dorset...

John inició la lectura del testamento, cuya primera parte eran detalles de carácter legal. Mientras leía, Helena se tranquilizó un poco; albergaba la esperanza de que la reunión fuera breve y pudiera marcharse enseguida. El despacho se estaba calentando con la luz del sol de tarde, que entraba por la ventana, y tenía que hacer verdaderos esfuerzos para no mirar a Oscar.

Al cabo de unos minutos, John carraspeó. Había llegado el momento crucial.

—«Lego a mi querido sobrino nieto, Oscar Ioannis Theotokis, la mitad de la propiedad conocida como Mulberry Court, en el contado de Dorset; en cuanto a la otra mitad, se la dejo en herencia a mi querida y vieja amiga Helena Kingston. Los bienes y muebles se repartirán de forma equitativa entre las dos partes mencionadas».

Helena se quedó tan asombrada que estuvo a punto de levantarse del sillón. Jamás habría imaginado que tenía intención de dejarle la mitad de Mulberry Court; creía que solo iba a recibir las figurillas que decoraban la biblioteca de la casa.

Si en ese momento hubiera caído un cometa y le hubiera dado en la cabeza, no le habría sorprendido más.

Helena estaba tan desconcertada que tuvo que hacer un esfuerzo para escuchar los nombres del resto de los beneficiarios. Formaban una larga lista e incluían a personas como Louise, el ama de llaves de Mulberry Court, quien iba a recibir una suma bastante generosa de dinero. Pero lo más importante se quedaba en manos de Oscar y en las suyas.

–Además de lo que ya habéis oído –continuó John–, la señora Theotokis dejó algunas instrucciones.

El abogado hizo una pausa antes de seguir hablando.

–Pidió que Mulberry Court no se ponga en venta hasta un año después de la fecha de su fallecimiento y que, llegado el caso, se haga lo posible para que la propiedad quede en manos de una pareja con hijos. Sé que el señor y la señora Theotokis no llegaron a tener descendencia... supongo que le hacía ilusión que la casa se llenara de niños algún día.

Helena se emocionó al oír las palabras de John. Isobel, una mujer amable y encantadora que se llevaba bien con todo el mundo, siempre había sido muy generosa con ella; y ahora, como acto final, le dejaba parte de la casa que tanto había amado.

Más que un regalo, era un honor.

Sin embargo, se preguntó cómo le afectaría ese regalo a corto plazo. Y qué significaría para Oscar, aunque daba por sentado que no desperdiciaría su tiempo con ese asunto; a fin de cuentas estaba totalmente centrado en el famoso imperio empresarial de los Theotokis.

Tras unos segundos de silencio tenso, Helena decidió hablar.

—Me siento abrumada, pero también muy agradecida. Me emociona que la señora Theotokis me quisiera hasta el punto de dejarme la mitad de su casa... y como es lógico, haré lo que sea necesario por facilitar el proceso.

Durante los minutos siguientes, Helena apenas se pudo concentrar en lo que estaba hablando. De repente, era propietaria de la mitad de Mulberry Court, una propiedad llena de tesoros. Y cuando el abogado les dio un manojo de llaves a cada uno, ella se quedó mirando las suyas con desconcierto.

Por fin, se levantaron de los sillones. Oscar la miró a los ojos y Helena se dio cuenta de que él también se había quedado atónito. A continuación, se despidieron del abogado y salieron del edificio.

—Menuda sorpresa... —empezó a decir Oscar, que se encogió de hombros—. Pero estoy seguro de que podremos llegar a un acuerdo que nos satisfaga a los dos.

Helena quiso hablar, pero él no había terminado.

—Me encargaré de que valoren la propiedad; así sabremos a qué atenernos el año que viene, cuando la vendamos... Es una lástima que mi tía abuela nos impusiera ese plazo. Habría sido mejor que lo solventáramos cuanto antes.

Ella lo volvió a mirar, incapaz de creer que se encontrara en aquella situación con Oscar. Con el hombre del que se había enamorado en su adolescencia. Con el que le había enseñado lo que significaba desear y ser deseada.

No había olvidado sus encuentros románticos bajo las ramas del sauce que estaba detrás del huerto de la casa; ni había olvidado que Oscar les puso punto final de repente y sin demasiadas explicaciones. Después de una de sus visitas, simplemente desapareció y se llevó su corazón con él.

Tragó saliva e intento no pensar en esos términos. Era agua pasada y, por otra parte, ahora tenía cosas más importantes entre manos.

Justo entonces, cayó en la cuenta de que Oscar no había mostrado ningún agradecimiento por la herencia de su tía abuela; pero no le sorprendió, porque era miembro de la dinastía fabulosamente rica de los Theotokis. Para él, la mitad de Mulberry Court y de sus bienes debía de ser poco menos que calderilla.

—Creo que tenemos que discutirlo, Oscar —declaró con naturalidad—. Me consta que las propiedades personales de Isobel eran muy importantes para ella...

–No te preocupes por eso. Sobra decir que la valoración de la propiedad y de su contenido estará a cargo de un grupo de expertos en arte y en antigüedades. Se asegurarán de que todo se venda de forma adecuada.

Ella frunció el ceño.

–No me has entendido bien. No dudo de los expertos que pretendes contratar; simplemente creo que eso debería ser responsabilidad nuestra, tuya y mía. Al fin y al cabo estamos hablando de la propiedad de Isobel.

Oscar arqueó una ceja.

–Sí, bueno... tal vez tengas razón –dijo a regañadientes–. Pero no ando sobrado de tiempo. Tengo que estar en mi oficina de Londres hasta finales de mes y luego me voy a Grecia. Además, supongo que tú también tendrás tus propios compromisos. Isobel mencionó en cierta ocasión que vivías y trabajabas en la capital.

Helena asintió.

–Sí, actualmente dirijo el equipo de la agencia de empleo Harcourt, aunque estoy buscando otro trabajo.

–¿Por qué? ¿Es que no estás contenta con tu empleo?

–No es eso... es que necesito un cambio.

Oscar la miró con interés, pero no dijo nada al respecto.

–Bueno, si tú puedes, yo podría volver el fin de semana. Un par de días serán suficientes para hacernos una idea de lo que se debe hacer.

–Sí, por supuesto que puedo –dijo ella–, pero deberíamos tomarlo con calma. Quiero hacerlo bien, sin prisas... para honrar la memoria de Isobel.

Helena caminó hacia el lugar donde había aparcado el coche, con Oscar pisándole los talones. Al llegar al vehículo, sacó una tarjeta y dijo:

–Si me necesitas antes del fin de semana, me puedes localizar en este número.

Él se guardó la tarjeta de Helena y le dio la suya, que ella metió en el bolso.

–Será mejor que me vaya –continuó–. Se está haciendo tarde y el tráfico será bastante peor que esta mañana, cuando vine.

Oscar le abrió la portezuela. Helena se sentó al volante y se preguntó si debía pedirle disculpas por la situación en la que se encontraban, pero pensó que disculparse carecía de sentido. Isobel Theotokis tenía derecho a dejar su casa a quien quisiera.

–Volveré el viernes por la noche –siguió Helena–. Así tendremos el sábado y el domingo para charlar tranquilamente y ver la propiedad. Supongo que me alojaré en alguno de los hostales de la zona –le informó.

–Yo también necesito alojamiento, así que me puedo encargar de reservar las habitaciones. Te llamaré por teléfono para darte los detalles.

–Ah... –dijo, sorprendida–. Gracias.

Helena arrancó el coche y se puso en marcha. Al mirar el retrovisor, vio que Oscar seguía en el aparcamiento y se preguntó qué estaría pensando. Había reaccionado a la noticia con naturalidad, sin mostrar emoción alguna, pero suponía que habría preferido ser el propietario único de Mulberry Court.

En cualquier caso, se alegraba de volver sola a Londres. Así tendría ocasión de pensar en lo sucedido.

Ella, Helena Kingston, acababa de heredar una fortuna. Era como ganar la lotería sin haber comprado un billete. Y no sabía si estaría preparada para tener tanto dinero. Ni siquiera había tocado la modestia herencia que le dejó su padre, quien había enviudado cuando ella solo tenía diez años.

Pero, al margen de ese asunto, había otro problema: que Oscar y ella tendrían que estar juntos en unas condiciones de lo más extrañas. Ya no eran los jóvenes enamorados que habían sido diez años antes. Ahora, hasta la mención de esa época sería embarazosa para los dos.

Habría dado cualquier cosa por saber si Oscar se acordaba de sus paseos, de sus caricias y de sus besos. Y también habría dado cualquier cosa por saber si recordaba que la había abandonado.

Oscar estaba bastante agitado cuando subió a su coche. El encuentro con Helena había despertado emociones que creía olvidadas.

Frunció el ceño y apretó el volante con tanta fuerza que los nudillos se le pusieron blancos. En cuanto la vio en el despacho de John, se sintió dominado por un intenso sentimiento de pérdida. Se arrepentía de haberla abandonado diez años atrás, de haber permitido que el destino gobernara sus vidas.

Con el tiempo, Oscar se había convencido de que no se volverían a ver; pero pensaba en ella con frecuencia y se preguntaba si se habría casado y si tendría hijos. Y aquella tarde, al notar que no llevaba anillo de casada, había sentido la necesidad de tomarla entre sus brazos y probar su boca.

Pero naturalmente, refrenó sus impulsos. Helena no tenía motivos para quererlo a su lado otra vez.

Además, estaba muy sorprendido por la decisión de su difunta tía abuela. Aunque sabía que Isobel apreciaba mucho a Helena, no imaginaba que tuviera intención de dejarle la mitad de la propiedad. Sin embargo, tampoco le importaba demasiado; el dinero nunca había significado nada para él. En ese sentido, lo único que le interesaba era el éxito de la empresa familiar. Por lo menos, desde asumió que la empresa era su destino.

Al pensar en ello, Oscar sonrió sin humor. Había cumplido todas las expectativas de su familia menos una, la de encontrar una esposa adecuada. Y si su padre se salía con la suya, sería una esposa de la familia Papadopoulos, que tenía importantes lazos financieros con el clan de los Theotokis.

—Ya es hora de que te cases y sientes la cabeza —repetía Georgios cada vez que surgía la conversación—. Una esposa griega sería una inversión magnífica... Hay dos jóvenes preciosas que están esperando a que te decidas. Cualquiera de ellas te haría feliz. ¿Se puede saber qué te pasa? ¿Cuál es el problema?

El problema de Oscar era muy sencillo; por muy atractivas que fueran Allegra y Callidora Papadopoulos, no estaba enamorado de ellas. Y tampoco había otra mujer con quien quisiera compartir su vida.

Si alguna vez se casaba, sería por amor; un factor completamente ajeno a la inversión que su padre veía en el matrimonio.

Arrancó el motor y echó los hombros hacia atrás. De momento, el problema de Mulberry Court y los bienes que contenía era más inmediato que el de su matrimonio. E inevitablemente, implicaba pasar bastante tiempo con Helena y, conociéndola como la conocía, discutir hasta el último detalle.

Oscar ya había tomado una decisión sobre su alojamiento. Y al salir de Dorchester, condujo rápidamente hasta llegar al hotel Horsehoe Inn, que se encontraba a pocos kilómetros de distancia.

Era un hotel pequeño, pero cómodo y discreto, donde podrían charlar y hacer negocios sin que nadie los distrajera. A Oscar siempre le habían disgustado los grandes hoteles. Cuando estaba en Londres, se alojaba en su piso, que le ofrecía la tranquilidad que necesitaba y un garaje con capacidad suficiente para sus coches.

Y ahora, mientras aparcaba su elegante deportivo, se acordó de lo bien que Helena había sacado su coche del aparcamiento del bufete de John. Un coche viejo, aunque en buen estado. Y sin duda alguna, perfecto para moverse por Londres.

Aquello le dio una idea. El coche viejo indicaba que Helena tenía poco dinero; y la elección del coche, que era una mujer pragmática. Cabía la posibilidad de que diera su brazo a torcer si le ofrecía una suma mayor que el valor combinado de la casa y de los bienes que contenía. Además, su solución tenía la ventaja de que le evitaría la molestia de ir a Mulberry Court para valorar personalmente la propiedad.

Pero era imposible. Helena había dejado bien claro que no lo aceptaría. Estaba decidida a hacerlo en persona.

Oscar gimió y se dijo en voz alta:

—Siempre te quise, Isobel; pero, ¿por qué me has hecho esto?

Capítulo 2

AL LLEGAR a casa, Helena se preparó una tostada y un chocolate caliente y, a continuación, se desnudó y se metió en la ducha.

Mientras el agua caliente borraba la tensión de sus cansados músculos, pensó en los sucesos de aquella tarde increíble. Su vida y su mundo habían cambiado por completo. A partir de entonces, nada sería igual.

Pero Helena también sabía que las formalidades de ese día y el hecho de haber heredado una fortuna eran poca cosa en comparación con lo que había sentido al volver a ver a Oscar Theotokis.

Se apartó el pelo y se enjabonó lánguidamente el cuello, los hombros y los brazos, consciente de que el simple hecho de pensar en él bastaba para que se sintiera sexual y peligrosamente sensible. Se acordó de cómo se había ruborizado cuando Oscar la miró a los ojos y de cómo se le había acelerado el pulso. Quería apartar la mirada, pero no podía. Estaba tan paralizada por su cercanía física que quiso gritar.

Ya no era una adolescente ingenua y sin experiencia. Había crecido y se había liberado de la influencia de Oscar. Su necesidad de él había desaparecido ante las obligaciones de la vida; obligaciones como salir adelante y mantener un trabajo que le permitía sobrevivir en un mundo tan duro como el de la capital inglesa.

Pero el destino los había unido otra vez. Y en esta ocasión, por un asunto de negocios.

Suspiró, alcanzó la toalla y pensó en los problemas que tenía antes de que John Mayhew leyera el testamento de Isobel.

Ya habían pasado dos meses desde su ruptura con Mark. Había sido una separación tan inesperada como dolorosa, que le dolía aún más porque lo veía constantemente en compañía de su nueva pareja, con quien se llevaba muy bien. Y por si eso fuera poco, también estaba el asunto de Simon Harcourt; el interés de su jefe por ella era tan irritante que, al final, no tendría más remedio que dejar el trabajo.

De haber podido, habría dejado Londres y se habría marchado a un lugar completamente distinto. Por lo menos, hasta que las aguas se calmaran. Pero no podía.

Justo entonces, tuvo una revelación.

Isobel no le había dejado Mulberry Court porque la quisiera mucho, sino porque estaba al tanto de sus problemas y había querido ofrecerle una vía de escape.

Si se quedaba allí, aunque solo fuera una temporada, tendría ocasión de replantearse las cosas y de encontrar la paz necesaria para recuperarse de sus desengaños amorosos. Hasta le daría una excusa perfecta para quitarse de encima a Simon. Podía decir que las circunstancias habían cambiado y que dejaba el trabajo porque la herencia de Isobel la obligaba a permanecer en Mulberry Court.

Helena se entusiasmó al instante. Solo sería una solución temporal, pero tenía dinero suficiente para sus necesidades inmediatas y, llegado el caso, estaba segura de poder encontrar un empleo en Dorchester.

Pero había un problema. Oscar.

Y ya estaba pensando en lo que diría al conocer sus intenciones cuando el propio Oscar le envió un mensaje al móvil; un mensaje que decía así: «He reservado habitaciones en Horseshoe. Nos vemos el viernes».

Helena dejó el teléfono a un lado y se preguntó dónde estaría y si se sentía tan confundido como ella por el bombazo de Mulberry Court. Pero supuso que no. Para él, sería un asunto insignificante; solo un detalle menor, aunque molesto, en su importante vida de problemas importantes.

Se metió en la cama y se tapó con el edredón. Desgraciadamente, no tenía ni hermanos ni hermanas con los que compartir la noticia. Y en cuanto a Anna, su mejor amiga, era demasiado tarde para llamarla por teléfono.

Cerró los ojos e intentó tranquilizarse, pero no pudo. Porque lo único que veía con los ojos cerrados eran los ojos negros de Oscar, mirándola con esa intensidad que siempre la había excitado.

Helena no había estado nunca en el Horseshoe Inn, pero no tuvo problemas para encontrarlo. Se encontraba al final de un camino privado que avanzaba entre bosques y que casi le pareció el paraíso tras el largo trayecto desde la capital.

El recepcionista, un hombre alto y con barba, la saludó con una sonrisa.

—Hola, soy Adam. ¿En qué la puedo ayudar?

—Tengo entendido que me han reservado una habitación —respondió—. Me llamo Helena Kingston.

El hombre miró el registro y dijo:

—Ah, sí... el señor Theotokis reservó dos habitaciones, la número dos y la número cinco. ¿Quiere tomar algo en nuestro bar? ¿O prefiere que la lleve a su habitación? Si tiene hambre, nuestro chef trabaja hasta la medianoche.

Helena se sintió inmediatamente cómoda. El ambiente del hotel era refinado, pero también cálido; un ambiente que sin duda alguna contaba con la aprobación de Oscar.

—Bueno, no tengo nada contra tomar un té y tal vez un sándwich dentro de diez minutos, cuando deje mi equipaje —comentó Helena—. ¿Sabe si el señor Theotokis ha llegado?

—Si ha llegado, no lo he visto... pero no debe de estar aquí, porque no ha firmado en el registro de clientes –Adam alcanzó una de las llaves que colgaban de la pared–. Sígame, por favor. La acompañaré.

A Helena le gustó su habitación. Era de decoración algo rústica, pero con todas las comodidades imaginables; perfecta para quedarse un par de noches. Se sentó en el borde de la cama, echó un vistazo al reloj y se preguntó qué debía hacer. No sabía si esperar a Oscar o acostarse después de tomarse el té y el sándwich.

Justo entonces, sonó su teléfono móvil.

–Hola, Helena, soy Oscar... siento aparecer tan tarde. ¿Te ha gustado el hotel?

–Sí, gracias.

–No estoy muy lejos de ahí. Supongo que llegaré en veinte minutos –le informó.

Ella dudó un momento y dijo:

–¿Quieres que te pida algo de comer? El recepcionista me ha dicho que el chef trabaja hasta la medianoche.

–No tengo hambre, pero podrías pedirme un whisky...

Él colgó el teléfono sin pronunciar una palabra más. Y media hora después, cuando por fin llegó, Helena se había comido el sándwich y estaba esperando en una esquina del bar con el whisky de Oscar y una copa de vino.

–Hola... –Oscar se sentó frente a ella y echó un trago de whisky–. Veo que has encontrado el bar enseguida.

Helena lo miró y pensó que parecía enfadado;

quizás, por haber llegado tan tarde o, quizás, porque tener que reunirse con ella. Pero fuera por el motivo que fuera, no contribuyó precisamente a tranquilizarla.

—Ya es tarde para hablar sobre Mulberry Court —continuó él—. Te propongo que nos levantemos mañana a primera hora y que pasemos el día en la casa, catalogando su contenido. Cuanto antes empecemos, mejor.

Helena se terminó su vino y alcanzó su bolso.

—Comprendo que estás muy ocupado, Oscar, pero...

—¿Pero?

—Me gustaría tomármelo con calma. Quiero pasear por Mulberry Court sin hacer otra cosa que revivir mi pasado. Como sabes, formó parte de mi vida cuando era niña... y ha pasado mucho tiempo desde la última vez que estuve. Ni siquiera pude asistir al entierro de Isobel. Se murió de un modo tan repentino, tan inesperado...

Oscar asintió.

—Sí, recuerdo que tu ausencia me extrañó. Incluso llegué a pensar que alguien había cometido un error imperdonable y que no te había informado de su fallecimiento.

—No, no se olvidaron de mí. Es que estaba en cama, con una gripe tremenda... —Helena se levantó—. En fin, nos veremos por la mañana.

—Sí. Y tú podrás hacer tu viaje por la carretera del recuerdo...

Cuando Helena se marchó, Oscar pidió un segundo whisky para relajarse. Había llegado tarde por culpa de un accidente de tráfico que le había causado una fuerte impresión. Él fue uno de los primeros en llegar, y le tocó sacar a dos niños de un coche que ya estaba envuelto en llamas. Casi parecía un milagro que ni los niños ni su madre, que conducía el vehículo, hubieran salido ilesos.

Minutos después, más tranquilo, sus pensamientos se dirigieron hacia la razón que explicaba su presencia en aquel lugar.

Había tenido tiempo de considerar la situación y de asumir que Helena no era culpable de las decisiones de Isobel. Pero iba a ser una molestia para los dos. Y si Helena se empeñaba en tomarse su tiempo, tendría que encontrar la forma de que se diera prisa.

Dio unos golpecitos a la copa de whisky y se preguntó si estaría dispuesta a venderle su parte de Mulberry Court. A fin de cuentas, vivir en Londres era caro. Y por lo que había visto, necesitaba un coche nuevo.

Terminó la copa y se acercó a recepción para pedir la llave de su dormitorio.

—¿Todo está a su gusto, señor Theotokis? —preguntó Adam.

La respuesta de Oscar fue enigmática.

—Con un poco de suerte, lo estará.

—No, no, no. No puedes hacerme esto. No es justo. Te puedes quedar con la casa, te puedes quedar con todo... ¡Pero eso es mío! ¡Isobel me la prometió!

La voz de Helena se apagó en un grito cuando las figuritas de porcelana se rompieron en mil pedazos.

Y entonces, despertó. Solo había sido una pesadilla, una de las más reales y más terribles de su vida.

Se sentó en la cama, se llevó una mano a la boca e intentó recordar las imágenes del sueño. Aún sentía la presión de sus manos en los brazos, mientras los forcejeaban como locos por la posesión de las piezas. Pero naturalmente, Oscar era más fuerte y se iba a salir con la suya; así que, en un gesto de desesperación, ella las arrojó al suelo.

Helena se giró hacia la ventana, por donde entraban los primeros rayos de sol, y sonrió. Solo había sido eso, una pesadilla. No era real. Las figurillas de Isobel seguían a salvo en Mulberry Court.

Sin embargo, consideró la posibilidad de que el sueño hubiera sido una advertencia; una señal para que se mantuviera firme y no se dejara intimidar por el hecho de que Oscar era pariente directo de su difunta amiga y ella, una intrusa.

Helena bajó a desayunar al restaurante tan pronto como le fue posible. Oscar había llegado y estaba leyendo el periódico mientras tomaba un café, pero se levantó al verla y la observó con detenimiento.

Llevaba unos pantalones negros, ajustados, y una camiseta de color azul pálido. Se había recogido el pelo en una coleta y su cara no mostraba el menor rastro de maquillaje. De hecho, tenía un aspecto lánguido que le recordó a la adolescente de otros tiempos.

—Estoy impresionado. No te esperaba hasta dentro de una hora, por lo menos.

Helena le lanzó una mirada de pocos amigos y se sentó.

—Tengo la costumbre de levantarme pronto.

—Si tú lo dices... ¿quieres tomar un café?

Ella sacudió la cabeza.

—No, gracias. Prefiero un té.

Minutos más tarde, subieron al coche de Oscar y se dirigieron a Mulberry Court, adonde llegaron enseguida. A Helena se le encogió el corazón cuando divisó la casa que tanto le gustaba y que, por un capricho del destino, había pasado a ser, parcialmente, de su propiedad.

Allí, a ambos lados del camino, junto a la entrada principal, estaban las casitas del ama de llaves y del jardinero. Helena giró la cabeza y contempló la segunda con nostalgia porque era el lugar donde había vivido con Daniel, su padre, durante ocho años; hasta que se marchó a estudiar a la universidad.

En aquella época, pasaba a menudo por la casita de Louise, el ama de llaves, una mujer encantadora que siempre tenía un trozo de tarta para ella. En cuanto a Paul, el marido de Isobel, lo veía poco; era una figura sombría que siempre estaba cuidando de sus negocios y que falleció súbitamente cuando Helena tenía trece años.

–¿Quién vive ahora en la casita del jardinero? –preguntó con curiosidad.

Oscar le lanzó una mirada rápida.

–Benjamin. Se unió a «la empresa», como la tía abuela la llamaba, uno o dos meses después del fallecimiento de tu padre.

–¿Y Louise?

–Louise sigue aquí. Se encargará de cuidarlo todo hasta que... bueno, hasta que el futuro de Mulberry Court se aclare –declaró con diplomacia–. Pero tengo entendido que está en Durham, pasando unos días con una prima suya.

Helena sintió lástima de Louise. Aquel lugar había sido su hogar durante muchos años y estaba a punto de quedarse sin él y sin su empleo.

Oscar detuvo el vehículo en el vado. Después, bajaron del coche y entraron en la casa. Helena respiró hondo y sintió una oleada de nostalgia al reconocer el aroma del lugar.

–Ha pasado tanto tiempo... –dijo en voz alta–. Cuando mi padre murió, Isobel tuvo la amabilidad de organizar una recepción aquí, en el invernadero; pero yo estaba tan alterada que no fui totalmente consciente de lo que ocurría.

Oscar miró a su alrededor.

–Yo también llevaba años sin venir –le confesó–. Nunca tenía tiempo... o simplemente, no surgía la oportunidad.

Empezaron a caminar por la planta baja, sin cruzar demasiadas palabras. Oscar se dedicó a tomar notas de lo que veía, pero Helena no lo imitó. Estaba encantada. Mulberry Court no parecía haber cambiado en absoluto.

La cocina estaba como siempre, al igual que el comedor con su enorme mesa de palisandro, la salita donde Isobel y ella veían la televisión o jugaban a las cartas y el salón que daba al invernadero, aunque notó que las cortinas eran nuevas.

Por fin, llegaron a la biblioteca, el lugar preferido de Helena.

Y sintió un alivio inconmensurable al observar que las figuritas de porcelana también seguían en el mismo lugar.

Pero al ver el cuadro de Isobel que dominaba la estancia, se quedó sin aliento. Era tan real que Isobel parecía a punto de levantarse de la silla donde la habían inmortalizado con sus grandes ojos grises, eternamente alegres y la sonrisa amable que Helena conocía tan bien.

Como el resto de las habitaciones, la biblioteca estaba abarrotada de objetos. Y Oscar chasqueó la lengua con desagrado.

—Isobel era toda una coleccionista –declaró.

—Sí, pero hay coleccionistas y coleccionistas –dijo Helena a la defensiva–. Tu tía abuela tenía muy buen gusto.

—Ya.

—No sé lo que pretendes hacer, pero creo que es

mejor que lo dejemos todo como está... hasta que vendamos la propiedad, quiero decir. Ten en cuenta que los posibles compradores se llevarán una impresión más positiva si ven una casa cuidada y perfectamente decorada. Una casa vacía es poco más que un cascarón sin vida.

Oscar la miró y sintió un deseo sexual que no había sentido en mucho tiempo.

—Desde luego, es una posibilidad que tendremos que discutir. Pero de momento y, en lo que a mí respecta, te puedes quedar con cualquier cosa que te guste —le ofreció—. Yo no necesito nada de esto.

Helena ya había imaginado que Oscar no necesitaría nada de Mulberry Court. Y se preguntó si ella necesitaba algo. Aunque había heredado una propiedad valorada en una fortuna, no se veía a sí misma en una casa lo suficientemente lujosa como para albergar ninguna de las piezas de las colecciones de Isobel.

—Sinceramente, ahora no me apetece pensar en lo que quiero o necesito —le confesó—. Además, los únicos objetos que siempre me interesaron son esas dos figurillas de ahí... las del pastor y la pastora.

—Llévatelas si te gustan, porque al final venderemos todas esas cosas. Podemos retrasar lo inevitable, pero nada más.

Oscar salió de la biblioteca y ella lo siguió por la ancha escalera que llevaba al primer piso, donde había seis dormitorios con·sus cuartos de baño respectivos. Al llegar al descansillo, por cuya larga ventana entraba la luz del sol, Helena contuvo el aliento.

Era la primera vez en nueve años que subía por aquella escalera. Tuvo que resistirse al deseo de salir corriendo y abrir la puerta del último de los dormitorios, el dormitorio donde ella se alojaba cuando su padre se marchaba de viaje.

–Isobel tenía tantas amigas... recuerdo que siempre había invitados en la casa –comentó Helena–. Incluso yo me alojé aquí unas cuantas veces.

–Sí, lo sé... –Oscar abrió una de las puertas del pasillo–. Esta era mi habitación, ¿sabes?

A Helena, que lo sabía de sobra, se le detuvo el corazón durante un segundo. Le pareció increíble que Oscar preguntara eso. No podía haber olvidado lo mucho que sus visitas a la casa de Isobel significaban para ella. No podía haber borrado esa época de su memoria.

Al cabo de un rato, salieron de la casa y empezaron a pasear por los jardines. Helena notó que el de la parte trasera estaba bien cuidado y se deprimió al pensar que alguien había sustituido a su difunto padre en las tareas de jardinería.

Por lo demás, el exterior de Mulberry Court había cambiado tan poco como el interior. Hasta distinguió el camino semioculto que llevaba al sauce bajo el que Oscar y ella habían pasado tantos momentos románticos.

Justo entonces, él se dio cuenta de que la estaba mirando fijamente y apartó la vista.

–Tengo que volver al hotel –anunció Oscar con frialdad–. Espero una llamada telefónica importante y me gustaría comprobar el correo electrónico... además, ya es la una de la tarde. Seguro que te apetece comer.

Para su sorpresa, Helena descubrió que no tenía hambre; pero se acordó de los sándwiches de Adam, absolutamente adictivos.

–Sí, me gustaría comer algo.

Mientras se dirigían al coche, añadió:

–Por otra parte, creo que debería llamar a mi jefe. Ha estado fuera de la oficina durante unos días, pero sé que volvía este fin de semana. Puede que necesite informarme de algo antes del lunes.

Oscar no mostró ningún interés por el comentario de Helena. Subieron al coche y, cuando ya se dirigían al hotel, decidió proponerle lo que le había estado rondando la cabeza. Pero tenía que elegir las palabras con cuidado.

–Me gustaría ayudarte, Helena.

–¿Ayudarme? ¿Qué quieres decir?

–Que estaría encantado de organizar la tasación de Mulberry Court y de sus bienes y de pagarte una suma más que generosa por la mitad de la propiedad; naturalmente, con efecto inmediato y teniendo en cuenta la inflación.

Helena no dijo nada. Se había quedado sin habla.

–Sería una buena solución para los dos –insistió él–. Te ahorraría problemas y te eximiría de cualquier responsabilidad... además, tú misma has dicho que no quieres nada salvo dos de las figurillas de la biblioteca.

–Mira, Oscar...

–Sería fácil, te lo aseguro. John Mayhew se encargaría de la transacción.

Oscar detuvo el coche en el aparcamiento del hotel y se giró hacia Helena, que se había ruborizado.

–Oscar, has olvidado lo que te dije.

–¿A qué te refieres?

–A que estoy decidida a desempeñar mi papel en la venta de la propiedad y de las posesiones de tu tía abuela.

Los ojos de Oscar brillaron con desagrado. Helena sabía que no le había hecho esa oferta por hacerle un favor, sino porque la consideraba un inconveniente y se la quería quitar de encima cuanto antes.

–Te agradezco la preocupación –declaró Helena con evidente ironía–, pero debo rechazar tu ofrecimiento, Oscar. Mulberry Court y yo tenemos mucho que compartir antes de que esto acabe.

Después, abrió la portezuela, salió del vehículo y se dirigió hacia la entrada del hotel con paso rápido.

De vuelta en su habitación, Oscar sacó el ordenador portátil y lo puso encima de la cama, sintiéndose inusualmente distraído.

La visita matinal a Mulberry Court había avivado sus recuerdos hasta el punto de que notaba la presencia de Isobel en cada rincón de la casa. A fin de cuentas, siempre se había sentido más cerca de su tía abuela que de sus padres, y su mirada en el retrato de la biblioteca le había alterado ligeramente.

Se encogió de hombros y pensó que, en cualquier caso, había perdido la posibilidad de llegar a un acuerdo razonable con Helena. Tal vez se lo había planteado en mal momento. Además, Helena no era una mujer que se dejara persuadir con facilidad.

Pero la casa y su contenido le parecían un problema insignificante en comparación con otro. Se sentía como si la mujer más deseable del mundo le hubiera despertado de un sueño de cien años. Y no sabía si habría despertado a tiempo de reconquistar su amor.

Capítulo 3

ALGO alterada, Helena se lavó la cara y se cepilló el cabello en el cuarto de baño para tranquilizarse un poco.

La visita matinal había resultado desconcertante. Desde un punto de vista legal, Oscar y ella eran los nuevos propietarios de Mulberry Court; pero la casa estaba tan impregnada del recuerdo de Isobel que, en determinados momentos, se había sentido como si fueran un par de intrusos.

Sin embargo, la propuesta de Oscar era lo que realmente le inquietaba. Quería que se lavara las manos y le dejara la casa a él. Y sin duda alguna, estaba dispuesto a pagar una cantidad considerable de dinero.

Helena suspiró y sacudió la cabeza.

Oscar no entendía sus sentimientos. En su opinión, Isobel había dividido la propiedad entre los dos porque deseaba que Mulberry Court tuviera un fin digno y había pensado que dos cabezas pensarían mejor que una.

Frunció el ceño y se dijo que quizás se estaba equivocando con él. Cabía la posibilidad de que solo quisiera hacerle un favor. Pero desestimó la idea de inmediato. Oscar era el jefe de la dinastía de los Theotokis, un frío hombre de negocios para el que los sentimientos carecían de importancia.

Confundida, Helena pensó que ya había tenido bastante por el momento y sacó el teléfono móvil para llamar a Oscar.

–Hola, Oscar. Tengo una pequeña jaqueca, así que voy a tumbarme un rato –declaró con tranquilidad–. ¿Qué te parece si seguimos más tarde con nuestra conversación? Podríamos cenar juntos...

Oscar dejó pasar un par de segundos antes de responder.

–Buena idea. Reservaré una mesa para las ocho... si crees que te habrás recuperado para entonces, por supuesto –añadió con sarcasmo.

Helena casi pudo ver la expresión de impaciencia de Oscar, pero suspiró y mantuvo la calma. La herencia de Isobel los obligaba a estar juntos y ser socios durante un año entero, hasta que vendieran la propiedad.

–Sí, por supuesto que estaré bien. Te veré a las ocho.

Helena cortó la comunicación y se dijo que, al final, Oscar se alegraría de que hubiera retrasado la reunión. Seguro que tenía asuntos más importantes a los que dedicar su tiempo.

Pero se equivocaba.

Oscar alcanzó la copa de whisky que había dejado en la barra del bar y pensó que la mañana no había salido como esperaba. Imaginaba que Helena y él hablarían con franqueza sobre las posesiones de su tía abuela y que harían una lista de los bienes o, al menos, que empezarían a hacerla. Hasta había supuesto que se llevaría algunos de los objetos de Isobel, libros o quizás alguna silla, cosas pequeñas que meter en su coche.

Sin embargo, solo había mostrado interés por las dos figurillas de la biblioteca. Y quería que todo lo demás permaneciera in situ.

Helena estaba tumbada en la cama, leyendo un libro y tomándose un café, cuando el teléfono móvil empezó a sonar.

Al oír la voz de Simon Harcourt, frunció el ceño.

—Ah, hola, Simon...

Simon le explicó el motivo de su llamada y siguió hablando durante unos minutos, hasta que ella lo interrumpió.

—Me temo que no te podré acompañar a la conferencia. De hecho, este lunes voy a presentar mi dimisión.

—¿Tu dimisión? —preguntó, sorprendido—. ¿Por qué?

—Es una larga historia. He heredado una propiedad en el campo y tengo que dejar Londres inmediatamente.

Helena tragó saliva. Acababa de quemar sus barcos. Por lo menos, en lo referente a Simon; porque, en lo tocante a Oscar, ni siquiera sabía en qué punto estaba.

Helena se puso un vestido de color berenjena, que había metido en la maleta a última hora, y se miró en el espejo.

Con mangas, escote pronunciado y falda hasta las rodillas, era su vestido preferido. Siempre que lo llevaba, se recogía el cabello en un tocado alto para centrar la atención en el escote y se maquillaba tan ligeramente como tenía por costumbre, con un toque de sombra de ojos y una base leve.

A las ocho en punto, el reloj de pared del descansillo empezó a sonar. Ella salió de la habitación y se dirigió a la escalera.

Oscar estaba en el bar, charlando con Adam. Cuando vio a Helena, su pulso se aceleró tanto como el de ella, que sonrió con timidez. Su antiguo novio se había afeitado y se había puesto unos pantalones de vestir con una camisa y una chaqueta muy elegante. Estaba tan guapo que parecía un modelo de revista de moda.

Inmediatamente, Adam alcanzó dos menús y los llevó a una de las mesas más tranquilas del restaurante, en el fondo del local.

—Les recomiendo que tomen lubina. No podrían ser más frescas; las pescamos esta misma mañana —afirmó con orgullo.

A continuación, abrió una botella de champán, les sirvió dos copas y se despidió.

—Volveré a tomarles nota cuando se hayan decidido.

Oscar miró a Adam, que se alejó al instante, y dijo:

—Es un profesional excelente. Por cierto, espero que apruebes la elección del champán... ha sido cosa mía.

Helena se llevó la copa a los labios y pensó que era un champán magnífico.

—¿Estamos celebrando algo?

Oscar arqueó una ceja.

—¿Tenemos que celebrar algo para tomar champán?

Helena sonrió brevemente.

—No, supongo que no. Es que solo tomo champán en las bodas... y como no soy especialista en vinos, siempre me ha parecido una bebida especial.

Oscar la miró con detenimiento. Su pelo brillaba a la luz de las velas, que le daban un tono dorado; pero le pareció algo pálida.

—¿Te encuentras bien? ¿Ya se te ha pasado la jaqueca?

Ella asintió.

—Sí, completamente. De hecho, me muero de hambre.

Helena alcanzó el menú, esperando que Oscar no notara el temblor de sus manos. Jamás habría imaginado que volvería a estar tan cerca de él; que volvería a respirar el mismo aire y a contemplar aquella boca de dientes perfectos.

Oscar no era un simplemente atractivo. Tenía un tipo de carisma muy seductor, muy mediterráneo, que volvía locas a las mujeres.

Al cabo de unos minutos, cuando ya habían pedido la cena y estaban esperando a que los sirvieran, Oscar se volvió a referir a Mulberry Court.

—He estado pensando esta tarde y me he preguntado si hacemos bien al dejar la casa vacía durante tanto tiempo. Corremos el peligro de que alguien la ocupe. En Londres es bastante común.

Ella frunció el ceño.

—Louise y Benjamin se encargan de vigilar, ¿no?

—Sí, pero no podrían impedir que alguien entre de noche, aprovechando la oscuridad. Y si nos ocupan la casa, tendremos un problema... deberíamos buscar una solución, aunque sea temporal –dijo.

Helena no pudo creer lo que había oído. Podía ser la excusa que estaba buscando para quedarse en Mulberry Court. Pero decidió guardar silencio al respecto.

Justo entonces, Adam reapareció con las lubinas y la ensalada que habían pedido y los volvió a dejar a solas.

—¿Qué has estado haciendo durante los últimos diez años? –preguntó Oscar de repente–. Isobel me dijo que habías terminado una carrera.

—Sí, estudié Economía y luego empecé a trabajar en Harcourt, la agencia de trabajo que te comenté, pero la voy a dejar.

—¿Y qué piensas hacer?

Helena respondió sin mirarlo.

—Todavía no estoy segura. Quiero tomarme un tiempo para pensar... entre tanto, supongo que buscaré un trabajo temporal.

Oscar guardó silencio durante unos momentos y preguntó:

—¿Vives sola?

—Sí.

—Entonces, no hay ningún hombre especial en tu vida...

Ella sacudió la cabeza.

—No. ¿Y tú? ¿No tienes esposa e hijos en alguna parte?

—No. De hecho, lo de tener esposa e hijos me parece una posibilidad bastante remota en este momento.

A Helena no le sorprendió su respuesta. Oscar tenía éxito con las mujeres, pero nunca le había parecido de la clase de personas que buscaban una relación duradera. Prefería las relaciones breves, sin compromisos.

—Me extraña que no salgas con nadie —dijo él—. Londres está llena de hombres en busca de mujeres bellas. ¿Cómo te las has arreglado para escapar de ellos?

Helena se sintió halagada por su comentario, pero lo disimuló.

—Bueno, tampoco se puede decir que haya estado sola...

–¿Ah, no?

–No. Poco después de que mi padre muriera, conocí a un hombre con el que estuve saliendo una temporada, Jason –Helena se detuvo un momento–. Me ayudó bastante al principio; parecía entender lo mucho que yo extrañaba a mi padre... cuando pienso en aquella época, siento lástima de él. El pobre hombre tuvo que soportar horas y más horas de mis monólogos autocomplacientes.

Oscar no dijo nada, pero la miró con ternura. En ausencia de su madre, que había fallecido cuando ella era una niña pequeña, su relación con su padre había sido particularmente intensa. Era normal que la muerte de Daniel le hubiera afectado mucho. Y en cualquier caso, Helena tenía un fondo vulnerable que siempre le llegaba al corazón.

–Las grandes ciudades pueden ser muy solitarias –comentó él.

Helena mantuvo la mirada en el plato. No sentía el menor deseo de hablar de Mark, el hombre del creía haber estado enamorada. La inesperada ruptura de su relación le había dolido mucho. Además de abandonarla y de marcharse con una amiga común, Mark le había dicho que la encontraba fría y distante.

Si la hubiera llamado «frígida» no le habría molestado más.

–Al final me di cuenta de que estaba utilizando a Jason. Me venía bien como hombro donde llorar, pero no sentía nada por él. Era una buena persona.

Y ahora me siento terriblemente culpable por lo que hice.

Helena echó un trago de champán y sonrió.

–Pero no le fue mal –continuó–. Conoció a otra mujer al cabo de unos días y, según tengo entendido, se van a casar.

Oscar arqueó una ceja.

–¿Al cabo de unos días? Al parecer, tenía prisa por casarse –ironizó.

Helena se mantuvo en silencio y siguió comiendo. Ya estaban terminando cuando Oscar comentó:

–Mi tía se deprimió mucho con la muerte de tu padre. Daniel llevaba tanto tiempo con nosotros que casi era de la familia. Además, falleció tan joven... ¿Cuántos años tenía?

–Cincuenta y nueve –respondió sin más.

Helena dejó pasar unos momentos y añadió:

–¿Y tus padres? ¿Qué tal están?

–Mi padre dejó el trabajo. Ahora vive con mi madre en las Bermudas... y como su hermano también se ha jubilado, yo soy el único de la familia que sigue al timón. De hecho, soy el último que les queda.

Helena comprendió la importancia de lo que Oscar le acababa de confesar. Si no tenía hijos, la dinastía Theotokis moriría con él.

–E Isobel también era la última de su generación, claro...

Él asintió.

–En efecto. Y la única inglesa que logró entrar en nuestra comunidad –observó con humor–. Nunca había pasado antes, pero mi familia la adoraba y adoraba que hubiera elegido Mulberry Court para vivir. A fin de cuentas, era una mujer que viajaba mucho; podría haber vivido en cualquier otro sitio.

—Sí, lo sé. Siempre me contaba cosas sobre los sitios en los que había estado. Lograba que te sintieras como si estuvieras en ellos.

—Isobel sabía contar una buena historia.

—¿Y dónde vives tú?

—Oh, aquí y allá... —respondió con indiferencia—. Tengo un piso en Londres, otro en Grecia y un apartamento en el Upper East Side de Nueva York, pero nunca estoy demasiado tiempo en ninguno. No he encontrado un lugar donde me apetezca echar raíces, aunque supongo que mi casa de Atenas es mi hogar.

Helena se acordó de lo que le había prometido cuando eran más jóvenes; que algún día, la llevaría a su país natal.

Pero decidió no mencionarlo.

—¿Sabes una cosa? Creo que tienes razón con lo de Mulberry Court.

—¿Con qué en concreto?

—Con el peligro de que alguien se cuele en la casa —respondió—. Y es posible que tenga la solución perfecta.

—¿En serio?

—Bueno... podría quedarme en la casa durante una temporada —dijo, eligiendo las palabras con cuidado—. Un mes o algo así.

Oscar la miró con sorpresa.

–¿Es posible? ¿No tienes que volver a Londres?

–No. Y a decir verdad, me vendría bien... el piso donde vivo ahora pertenece a Simon Harcourt y lo perderé en cuanto deje el trabajo. Además, necesito cambiar de aires y alejarme un poco de la capital.

Oscar apretó los labios.

–Pero Mulberry Court es un lugar bastante aislado... ¿estás segura de que te acostumbrarás a vivir allí, sola?

Helena sonrió.

–Estoy acostumbrada a la soledad. Y por otra parte, las casas de Louise y Benjamin solo están a un minuto de distancia.

Él se encogió de hombros. Aunque la idea no le agradara, Helena tenía derecho a quedarse en la propiedad. Al fin y al cabo, la mitad era suya.

–Por mí, no hay problema. Pero, ¿cuándo te mudarías?

–A principios de mayo. He pensado que, si estoy mal de dinero, podría buscarme un trabajo en Dorchester.

Oscar estuvo a punto de ofrecerle ayuda económica, pero se contuvo. Helena siempre había sido una mujer muy independiente.

–Imagínatelo... ¡será la señora de Mulberry Court! –exclamó, sonriendo–. Como cuando era niña y jugaba a esas cosas.

Helena rompió a reír y enseguida le dio un ataque de hipo. Oscar se fijó en el rubor de sus mejillas y se acordó de que nunca había sabido beber, así que se levantó de la silla y se acercó a ella para ayudarla.

—Ha sido un día largo, Helena. Creo que deberías acostarte.

Helena se puso en pie con alguna dificultad y alcanzó el bolso. Oscar la tomó del brazo y la acompañó a su dormitorio, ante cuya puerta se detuvieron unos segundos, mientras ella buscaba la llave.

—¿Estás segura de que quieres quedarte en Mulberry Court? Piénsalo bien. Si cambias de opinión, podemos hablar con John Mayhew para que busque un inquilino apropiado.

—No quiero que un desconocido viva en... nuestra casa —acertó a decir—. Por lo menos, de momento.

Helena se dejó llevar por un impulso y le dio un beso en la mejilla con intención de entrar en el dormitorio y cerrar la puerta; pero Oscar reaccionó tan deprisa que, cuando se quiso dar cuenta, estaba entre sus brazos.

Todas las alarmas de Helena se encendieron al instante. Y fue eso lo que, en el último momento, la llevó a apartar la cabeza y alejarse de sus labios.

—Buenas noches, Oscar.

Helena cerró la puerta y se apoyó en ella durante unos segundos, intentando tranquilizarse. Había cometido un error muy grave al darle ese beso en la mejilla; un beso que Oscar había malinterpretado y que había tomado como una invitación.

O quizás, no.

Quizás no lo había malinterpretado. Porque en el fondo de su corazón, Helena ardía en deseos de que la besara.

A decir verdad, le extrañaba que hubiera encontrado las fuerzas necesarias para resistirse a él, para no apretarse contra su fuerte pecho, para no permitir que su aroma profundamente masculino despertara en ella sus instintos más animales.

Pero lo había conseguido.

De algún modo, había recordado a tiempo que ya había pasado por ese trago y que no estaba dispuesta a que Oscar Theotokis le volviera a partir el corazón.

Cuando entró a su habitación, que estaba a dos puertas de la de Helena, Oscar se acercó a la ventana y apretó los dientes. Acababa de descubrir lo que se sentía al ser rechazado por una mujer.

Pensó en lo que podría haber pasado entre ellos y se imaginó desnudándola, acariciándola, besándola, usando su experiencia para excitarla y hacerle sentir el mismo deseo que él sentía por ella.

A continuación, se dio la vuelta y se dirigió al cuarto de baño. Después de una ducha tan fría como rápida, se miró en el espejo y frunció el ceño. Tenía la absurda sensación de que, en las últimas horas, le habían salido más arrugas en la frente.

Helena no había cambiado nada. Seguía siendo tan dulce, tan perfecta y tan difícil como la primera vez que la vio.

Capítulo 4

HELENA despertó tras una noche de sueños que no había tenido en mucho tiempo. Una noche de sueños eróticos, con Oscar como protagonista, con sus labios besándola una y otra vez y sus manos, acariciando todas las curvas de su cuerpo.

Había sido tan real que casi jadeaba.

Se sentó y se dijo que había sido una estúpida por besar a un hombre tan seguro de sí mismo como Oscar Theotokis, un hombre que nunca desaprovechaba una oportunidad. Pero, por otra parte, debía admitir que habría dado cualquier cosa por terminar entre sus brazos. Incluso cabía la posibilidad de que siguiera enamorada de él, a pesar del tiempo transcurrido y de lo que había pasado entre ellos.

Se levantó de la cama y entró en el cuarto de baño. Su pelo estaba tan revuelto que soltó un gemido de desesperación. Para desayunar con Oscar, tenía que estar impecable. Si la veía así, adivinaría inmediatamente lo que había soñado.

Mientras se duchaba, se obligó a concentrarse en sus problemas más inmediatos. Al menos, había encontrado el coraje necesario para decirle a Simon que dejaba el empleo. Estaba harta de que su jefe la persiguiera. Y no lamentaba la perspectiva de abandonar la agencia Harcourt, aunque echaría de menos el sueldo y a algunas de sus compañeras de trabajo.

Además, Oscar le había dado una sorpresa con su actitud de la noche anterior; esperaba que se opusiera a su intención de vivir en Mulberry Court durante una temporada, pero bien al contrario, le había parecido una idea excelente.

Helena sintió un súbito acceso de optimismo. Había dado un gran paso hacia su nueva vida. Estaba segura de haber hecho lo correcto y, por si eso fuera poco, iba a pasar el resto de la primavera y el principio del verano en su casa preferida.

Las cosas no podían ir mejor.

Salió de la ducha, se secó y se vistió rápidamente. Cuando llegó al restaurante, Oscar se levantó de la mesa donde la estaba esperando y la miró sin sonreír. Llevaba vaqueros, chaqueta y una camiseta que enfatizaba su musculatura.

–Hola, Helena. ¿Has dormido bien?

–Sí, muchas gracias –respondió, acordándose de los sueños que había tenido–. ¿Y tú?

–No suelo dormir más de cuatro o cinco horas seguidas; siempre tengo demasiado trabajo –le explicó–. De hecho, tengo que volver a Atenas mañana mismo. Una lástima, porque esperaba quedarme en Gran Bretaña hasta finales de abril.

–Oh, vaya...

Oscar llamó al camarero, que les tomó nota.

—Si podemos adelantar alguna cosa hoy mismo, te quedaría muy agradecido. Tal vez deberíamos hablar con Benjamin y Louise para ponerles al corriente de la situación. Tendrán que encargarse de la propiedad hasta que la vendamos.

El camarero reapareció entonces y les sirvió el desayuno. Helena se puso la servilleta y pensó que el Oscar seductor de la noche anterior había desaparecido ante el eficaz y frío hombre de negocios.

Por lo visto, el beso en la mejilla no había significado nada para él. Afortunadamente para ella, lo había olvidado por completo.

Pero no se alegró.

Cuando terminaron de desayunar, subieron al coche de Oscar y se dirigieron a Mulberry Court. Helena se dedicó a contemplar el paisaje por la ventanilla del lujoso vehículo hasta que él se refirió a su decisión de quedarse en la casa.

—Si te vas a quedar, tendrás que solucionar algunos problemas. ¿Qué vas a hacer con tus muebles y tus pertenencias?

Helena sacudió la cabeza.

—Tengo muy pocas cosas. El piso de Simon estaba amueblado cuando llegué, al igual que mi casa anterior, que compartía con Anna, una amiga de la universidad... me llevaba bien con ella, pero se casó el año pasado.

–Comprendo.

–Además de la ropa, de unos cuantas fotografías y de un montón de libros, no tengo nada más. Se podría decir que viajo ligera de equipaje.

Oscar sonrió con ironía. Aunque Helena afirmara que tenía pocas cosas, estaba seguro de que esas pocas cosas serían tantas que abarrotarían su viejo coche.

Minutos más tarde, llegaron a Mulberry Court. Y al entrar en la propiedad, Helena se echó hacia delante y dijo con entusiasmo:

–¡Mira! ¡Louise está en el jardín!

–Supongo que llegaría ayer. Ah... Benjamin está bajando por el camino con Rosie, su adorado sabueso.

Helena se alegró mucho al ver al perro del jardinero. En su opinión, Mulberry Court no habría sido el mismo lugar sin un perro. Aún se acordaba de Bella, el labrador negro de su padre, que había fallecido un par de semanas antes que él.

Oscar detuvo el coche y los dos salieron del vehículo. Cuando Louise se recuperó de la sorpresa de ver a Helena, se abalanzó sobre ella y la abrazó con todas sus fuerzas.

–¡Qué maravillosa sorpresa! –exclamó.

–¿Qué haces aquí? –preguntó Oscar–. No esperábamos verte este fin de semana...

–Ni yo tenía intención de volver tan pronto. Pensaba estar fuera hasta el martes, pero echaba de menos mi casa.

Justo entonces, llegaron el jardinero y su can.

–Helena, permíteme que te presente a Benjamin.

–Encantado de conocerte...

–Helena es la hija del jardinero que estaba con nosotros antes de que llegaras –explicó Oscar–. Vivió muchos años en tu casita. No hay nada que no sepa sobre Mulberry Court y sus alrededores.

Benjamin, un hombre alto y de cabello canoso, estrechó la mano de Helena.

–Ah, sí... Louise me ha hablado mucho de tu padre –dijo–. Espero que mi trabajo esté a la altura del suyo.

–Por supuesto que lo está –afirmó Helena, encantada–. Ayer dimos un paseo por los jardines y me parecieron preciosos.

Louise le puso una mano en la espalda.

–Bueno, ¿se puede saber qué estamos haciendo aquí? Entrad en casa y os serviré un café.

Benjamin sacudió la cabeza.

–Te lo agradezco mucho, pero tengo que seguir con lo mío.

El jardinero se marchó y Oscar y Helena entraron en la casita de Louise. Al cabo de un rato, cuando ya estaban tomando el café, él dijo:

–¿Conoces los términos del testamento de mi tía abuela?

Louise apartó la mirada, aparentemente incómoda.

–No, solo sé que me ha dejado una suma muy generosa de dinero y que debo permanecer aquí hasta que... bueno, hasta que se tome una decisión sobre el futuro de la propiedad –respondió–. Me duele que Mulberry Court acabe en manos de desconocidos. Aunque la vida es así. Todo cambia.

Oscar carraspeó.

–Bueno, no te preocupes ahora por eso. Isobel nos dejó la propiedad a Helena y a mí, a partes iguales, pero no la venderemos hasta dentro de un año... De hecho, Helena ha tomado la decisión de quedarse a vivir una temporada –le informó.

La cara de Louise se iluminó al instante.

–Vaya, por fin podré dormir tranquilamente... no había pegado ojo desde que falleció la señora Theotokis. Y me consta que Benjamin también estaba preocupado. Creíamos que tendríamos que hacer las maletas y marcharnos cualquier día de estos.

Oscar dejó su taza de café en la mesita y se levantó.

–Ayer estuvimos en la casa, pero queremos echarle otro vistazo. Puede que se nos ocurra algo más que hacer.

–He estado allí casi todos los días desde la muerte de tu tía abuela –declaró Louise–. Abro las ventanas y limpio el polvo...

–Y no solo eso –intervino Helena–. Hasta te has molestado en poner flores en la mesa del salón...

Louise asintió.

–Me alegra que te hayas fijado. Benjamin y yo nos turnamos para mantener encendida la estufa de la cocina, pero todavía tengo que limpiar los armarios... francamente, no sabía que hacer. Sin la señora Theotokis, Mulberry Court es como un barco sin capitán.

—Pero ahora seremos más en la tripulación —le aseguró Helena—. Tengo que volver a Londres para arreglar mis cosas, pero estaré aquí dentro de tres o cuatro semanas como mucho.

Tras unos minutos más de conversación, Louise los acompañó a la puerta. Y antes de que se marcharan, les dio un cartón de leche.

—Es por si os apetece tomar algo mientras estáis en la casa —declaró—. Si necesitáis algo, pegadme un grito.

Helena y Oscar volvieron al coche, que aparcaron en el vado.

—Isobel tuvo mucha suerte con Louise, ¿no crees? Es una mujer encantadora.

Oscar asintió.

—Sí. Sé que la apreciaba mucho.

Salieron del coche y caminaron hacia la entrada principal. Hacía un día despejado, pero tan ventoso que el cabello de Helena le tapó los ojos durante un par de segundos. Al llegar a la puerta, ella se echó el pelo hacia atrás y buscó las llaves en el bolso.

—Hoy me toca abrir a mí —dijo.

Entraron en la casa y se dirigieron a la cocina.

—Iré a hablar con Benjamin —le informó él—. Le gustará saber que contamos con él hasta dentro de un año, aunque siempre cabe la posibilidad de que el propietario nuevo decida mantenerlo en su puesto. Mulberry Court es un lugar muy grande. Si no se cuidan los jardines, terminarían convertidos en una selva.

Helena no necesitaba que se lo recordaran. Su padre trabajaba a destajo en el jardín; y en otoño tenía que contratar a un par de personas para que le ayudaran a recoger la fruta.

—Benjamin me ha caído bien. Parece una buena persona... y me ha dado la impresión de que tiene una relación muy estrecha con Louise.

Oscar asintió.

—Sí, su suerte cambió por completo cuando Isobel se decidió a contratarlo.

Ella arqueó una ceja.

—¿Y eso?

—Al parecer, había perdido su empleo en la ciudad y se alojaba en casa de un amigo cuando se enteró de que buscaban un jardinero en Mulberry Court. Al oír su historia, Isobel decidió darle una oportunidad. Y resultó un jardinero excelente.

—¿Qué quieres decir con lo de su historia?

—Bueno... Benjamin era un hombre de negocios que perdió su empresa y a su esposa al mismo tiempo. Según me contaron, su divorcio fue bastante desagradable y su exmujer no le dejaba ver a sus dos hijos. Isobel pensó que Mulberry Court era lo que necesitaba para empezar una nueva vida. Y tenía razón.

Oscar se alejó hacia la puerta y añadió, antes de salir:

—Volveré pronto.

Helena se quedó en la cocina, maravillada ante el hecho de que todo aquello fuera súbitamente de su propiedad. Y estaba decidida a aprovechar su tiempo en Mulberry Court hasta que la vendieran.

Durante un rato, se dedicó a comprobar el contenido de los armarios, que estaban llenos; Louise había vaciado el frigorífico, pero la nevera de la parte de atrás tenía alimentos suficientes para preparar algo de comer. Cuando se cansó, salió de la cocina y dio un paseo por la planta baja antes de dirigirse a las escaleras.

Pero no subió. Aunque Isobel le hubiera dejado la mitad de la propiedad, se sentía una intrusa en ella. Siempre había sido la casa de los Theotokis.

De vuelta a la cocina, miró el reloj y vio que casi era la hora de comer. Oscar no había regresado todavía, de modo que consideró la posibilidad de preparar algo rápido y de hacer café, aprovechando que Louise les había dado un cartón de leche.

El café ya había terminado de subir cuando Oscar apareció súbitamente y la asustó tanto que parte del café se le cayó y se quemó en la mano.

—¡Ay!

—Oh, no...

Oscar la llevó rápidamente a la pila. Después,

abrió el grifo y le puso la mano bajo el chorro de agua fría.

–Maldita sea. Qué tonta soy... –protestó ella.

Oscar cerró el grifo, le secó la mano con unos pañuelos de papel y le examinó la piel, que estaba enrojecida.

–No te preocupes. No es nada importante.

Él se acercó a la cafetera y le sirvió una taza.

–Toma... bebe un poco. Te sentirás mejor.

Helena abrió uno de los armarios, sacó una caja de galletas y se sentó junto a la mesa..

–¿Has hablado con Benjamin?

–Sí, y está encantado de quedarse un año más. Dice que así tendrá tiempo de acostumbrarse a la idea de dejar Mulberry Court.

–Y nosotros tendremos la seguridad de que Mulberry Court está en buenas manos... –observó ella.

Oscar se llevó una galleta a la boca y preguntó:

–¿Has visto algo más que te interese? ¿Algo que te quieras quedar?

–No, nada, pero tendré tiempo de sobra para pensarlo cuando vuelva de Londres. Tenía intención de regresar esta tarde, a primera hora, cuando recoja mi equipaje y pague la cuenta de mi habitación.

–Ya he pagado tu cuenta.

Ella lo miró con sorpresa.

–¿Cuánto ha sido? –preguntó, mientras echaba mano al bolso.

–No me acuerdo –mintió–, pero me ha parecido bastante razonable.

A Helena no le hizo gracia que Oscar le pagara la habitación. Aunque fuera rico, no necesitaba su dinero.

—Pues será mejor que te acuerdes.

Él hizo un gesto de desdén.

—Olvídalo. No es importante.

Helena suspiró, pero dejó pasar el asunto. No estaba de humor para discutir con Oscar; sobre todo, porque sabía que siempre perdía sus discusiones con él.

Echó otro trago de café y cayó en la cuenta de sus piernas se estaban rozando por debajo de la mesa. El calor de Oscar era tan reconfortante que tuvo que hacer un esfuerzo para expulsar los pensamientos que asaltaron su mente.

El destino había sido amable y cruel con ella, al mismo tiempo. Por una parte, había recibido una herencia con la que nunca se habría atrevido a soñar; por otra, la herencia estaba ligada a un griego impresionante que, años atrás, le había robado el corazón.

A Helena le habría gustado que Oscar y ella pudieran tener un futuro, pero se dijo que debía afrontar la realidad. Fueran cuales fueran sus circunstancias, Oscar no la quería; de hecho, no quería estar con nadie.

—¿Te sigue doliendo?

La pregunta de Oscar la dejó desconcertada. Por un momento, pensó que se refería a la ruptura de la relación que habían mantenido en el pasado; pero evidentemente, solo se refería a la quemadura de café.

–No, no... ya casi no me duele.

A pesar de su afirmación, Helena dejó escapar una lágrima solitaria. Oscar lo notó, le tomó la mano herida y le dio un beso en ella.

–Así te sentirás mejor –dijo.

Tras unos segundos de silencio tenso, él se puso en pie y la levantó de la silla. Acto seguido, la tomó entre sus brazos y le dio un beso que la tomó por sorpresa y que la dejó literalmente sin aire.

–Oscar...

Helena quiso resistirse. Pero era demasiado tarde. Estaba entre sus brazos, sometida a su ágil y fuerte cuerpo, completamente impotente.

A pesar de ello, se apartó un poco e intentó recobrar el control.

–Oscar... esto no... no deberíamos...

–Oh, Helena... *kardia mou*.

La voz de Oscar, profunda y suave, estuvo a punto de conquistarla. Sonó como el rugido de un animal salvaje que reclamara su presa.

Pero, precisamente por eso, tuvo el efecto contrario.

–No, Oscar, no. Es demasiado tarde para nosotros.

Una hora después, regresaron al hotel para recoger las pertenencias de Helena.

Durante el trayecto en coche, ella permaneció callada. Oscar la había besado con tanta pasión que se había sentido en el paraíso; pero ya no era la adolescente inexperta que había sido y no había posibilidad alguna de volver atrás.

Sin embargo, tampoco podía negar que lo había disfrutado. Oscar tampoco era el jovencito de entonces. Se había convertido en un hombre experto y terriblemente sensual, más intenso, más vital y más excitante que nunca.

Le lanzó una mirada subrepticia y admiró su perfil recto y su mandíbula fuerte. Estaba convencida de que, para él, aquel beso solo había sido un eco de los viejos tiempos, una especie de sombra del pasado. Pero para ella era diferente. Y no quería que repitiera. Tenía que alejarse de él; huir de la tentación.

En cuanto a Oscar, que estaba concentrado en la conducción del vehículo, había tomado una de sus típicas decisiones inequívocas. Su tiempo era oro y la vida, demasiado corta como para malgastarla. Su relación con Helena no tenía ningún futuro. Con un poco de suerte, podía conseguir que confiara en él; pero no conseguiría su amor.

Entonces, sonrió para sus adentros y pensó que no todo estaba perdido. Era evidente que todavía lo deseaba. Lo había notado por su forma de reaccionar cuando la besó. Y también había notado que seguía siendo la misma mujer cálida y apasionada de siempre.

Aunque no tuviera su amor, podía tener su cuerpo.

Capítulo 5

TRES semanas después, a primera hora de una mañana, Oscar echó un último vistazo a su despacho de Atenas y empezó a guardar sus pertenencias en la bolsa que siempre usaba cuando se iba de viaje.

Gracias a su secretaria, un coche estaba esperando en la entrada del edificio para llevarlo al aeropuerto, donde se embarcaría inmediatamente en su jet privado. Y mientras caminaba hacia el ascensor, se sintió rejuvenecer. Solo podía estar fuera unos días, pero estaría con Helena, que volvía a Mulberry Court esa misma tarde.

Horas después, cuando el reactor iniciaba la maniobra de descenso hacia el aeropuerto londinense de Heathrow, Oscar miró por la ventanilla. La reaparición de Helena había trastocado completamente su mundo, pero no le importaba; solo sabía que necesitaba estar con ella.

Mantenerse alejado de Helena, era inútil. Además, ya habían estado lejos demasiado tiempo. Durante diez largos años.

* * *

Helena se remangó la blusa y terminó de pasar la aspiradora por el piso de Londres. A continuación, echó un último vistazo para asegurarse de que todo estaba limpio y de que no se había dejado nada.

Las semanas anteriores habían sido bastante tranquilas. Simon casi no aparecía por el trabajo y sus compañeras, que le habían organizado una fiesta de despedida, fueron especialmente amables con ella; de hecho, Helena sospechaba que envidiaban su suerte.

Pero en ese momento, sus sentimientos eran contradictorios. Estaba a punto de romper con la normalidad y la rutina de la vida que había llevado hasta entonces. Habría dado cualquier cosa por saber si había tomado la decisión correcta.

Se secó el sudor de la frente con la mano y pensó en el beso de Oscar y en las últimas horas que habían pasado juntos. Apenas cruzaron unas palabras cuando aquel día volvieron al hotel para recoger sus pertenencias. Y al final, se despidieron en la calle y se marcharon en sus respectivos coches.

Desde entonces, solo habían hablado una vez, por teléfono. Sorprendentemente, Oscar había llamado para preguntarle cuándo pensaba volver a Mulberry Court.

Recogió su edredón, que había dejado en la entrada del piso y lo llevó a su coche, que estaba abarrotado de objetos. Helena se había quedado atónita al ver todo lo que tenía. No sabía que hubiera acumulado tantas cosas durante los años anteriores.

Por fortuna, ya había terminado.

Volvió a mirar el piso que había sido su hogar y sintió una punzada de tristeza, pero se dijo que debía seguir adelante y que, en cualquier caso, Londres seguiría estando donde estaba, esperándola.

Minutos después, entró en el coche y giró la llave de contacto.

Pero el motor no arrancó.

Helena esperó unos segundos y lo intentó una y otra vez, con idéntico resultado, hasta que se rindió a la evidencia de que se había estropeado con todas sus pertenencias dentro.

Desesperada, sacó el teléfono móvil y llamó a una grúa. Lamentablemente, su piso se encontraba en una zona residencial bastante alejada y le dijeron que tardarían un par de horas en llegar.

Helena cortó la comunicación y suspiró, maldiciéndose a sí misma por no haber alquilado una furgoneta, como pretendía al principio. Sin embargo, las cosas se habían complicado y, al final, olvidó el asunto.

Al cabo de unos segundos, el teléfono empezó a sonar. Helena pensó que serían los de la grúa y que llamaban para decir que podían llegar antes, pero se llevó una sorpresa.

Era Oscar.

—¿Ya has llegado? —preguntó él, directamente.

Ella tragó saliva.

—No, aún no...

—¿Y eso?

–Mi coche no quiere arrancar. He llamado a la grúa, pero no llegarán hasta dentro de dos horas y no tengo más remedio que esperarlos.

–¿Dónde estás?

Helena apretó los dientes.

–Delante de mi casa. Bueno... de mi excasa –respondió–. Y el coche está tan lleno que apenas tengo sitio para sentarme.

Oscar permaneció en silencio unos segundos y luego dijo, con humor:

–Así es la vida... ten paciencia. Todo se arreglará.

Él cortó la comunicación y Helena sonrió a su pesar. Aunque no pudiera ayudarla, se alegraba de haber oído su voz.

Después, echó un trago de agua y miró la hora. Eran las dos de la tarde y en el interior del coche hacía tanto calor que, al cabo de unos minutos, a pesar de sus esfuerzos por mantenerse despierta, se quedó dormida.

Y estuvo dormida hasta que una voz, sospechosamente parecida a la de Oscar, la sacó de sus sueños.

–Despierta, Helena... tenemos cosas que hacer.

Helena abrió los ojos y se quedó asombrada al ver a Oscar. Estaba allí, delante de ella, sonriendo.

–¿Oscar?

–Sí, soy yo –dijo con humor.

–¿Qué estás haciendo aquí? ¿Por qué no estás en Grecia?

—Porque tenía que asegurarme de que llegues a Mulberry Court —contestó—. Hoy mismo, a ser posible.

Helena lo miró con incredulidad. No sabía que Oscar tuviera intención de viajar a Inglaterra y, mucho menos, que fuera a presentarse en ese momento.

—Ya había llegado a Londres cuando te llamé por teléfono —continuó él—. De hecho, llamé porque quería asegurarme de que estabas bien.

Ella salió del coche y vio el todoterreno que estaba aparcado detrás.

—¿Es tuyo?

Oscar asintió.

—Sí. Supuse que tus cosas no cabrían en mi Ferrari, de modo que he alquilado un todoterreno... Y por lo que veo, he hecho bien.

Helena todavía no salía de su asombro.

—¿Y qué vamos a hacer con mi coche? No lo podemos dejar aquí... además, los de la grúa han dicho que llegarían en un par de horas.

Oscar se encogió de hombros.

—Llámalos por teléfono y diles que dejarás las llaves del coche en el concesionario local y que pasen a buscarlas para llevarse el vehículo. El concesionario está cerca de aquí, a un par de kilómetros de distancia.

—Pero...

—No te preocupes, Helena —la interrumpió—. Tu coche se puede quedar en el garaje hasta que vuel-

vas a recogerlo. Y ahora, será mejor que empecemos a cargar tus cosas.

Helena, que aún no se había despertado del todo,
se sintió profundamente agradecida a Oscar. Mientras él empezaba a llevar sus pertenencias al todoterreno, ella llamó por teléfono a la grúa, donde se
alegraron al saber que ya no tenían que salir con urgencia y que podían llevarse el coche en otro momento.

Cortó la comunicación y se dedicó a sacar cajas
que él cargaba después en el vehículo alquilado;
pero más tarde, cuando llegó la hora de mover las
cajas más pesadas, Oscar se dio cuenta de que no
podía con ellas y se acercó a echarle una mano.

—Dijiste que tenías un montón de libros —comentó
con una sonrisa—. Y al parecer, no exagerabas...

Helena respiró hondo, intensamente consciente
de su cercanía. Oscar llevaba unos vaqueros y una
camiseta de un equipo de rugby, que le daba un aspecto juvenil potenciado por los mechones de pelo
negro que le caían sobre la frente.

Cuando por fin terminaron, subieron al todoterreno y se pusieron en marcha.

—¿Qué tal en el trabajo? ¿Cómo ha ido la despedida? —preguntó él.

Ella se encogió de hombros y se acordó de las
palabras secas y formales que le había dedicado Simon.

–Bien, sin problemas –contestó.

–Supongo que no habrás comido nada, ¿verdad? Y se está haciendo tarde... ¿Quieres que paremos a comer en algún sitio?

Helena le lanzó una mirada.

–¿Tú has comido?

–Tomé algo en el avión.

–Yo no soy precisamente una entusiasta de la comida de los aviones –comento–. ¿Qué te han puesto?

Oscar sonrió.

–Lo que les he pedido.

–¿Cómo?

–Es que he viajado en el reactor de mi empresa –explicó.

Helena se giró hacia la ventanilla, molesta por su propia estupidez. Evidentemente, Oscar Theotokis no era un hombre que estuviera dispuesto a viajar con el resto de los mortales; ni siquiera en primera clase.

No, él viajaba en su avión.

Suspiró, apretó las manos sobre el regazo y pensó en lo que debía sentir al tener tanto dinero. Podía hacer lo que quisiera y cuando quisiera.

–Bueno, ¿quieres que paremos a comer? –insistió.

Ella sacudió la cabeza.

–No, quizás más tarde. Ahora prefiero que sigamos adelante. Además, comí algo rápido antes de salir de casa.

Estuvieron en silencio durante un rato, sumidos

en sus propios pensamientos. Oscar era muy consciente de lo que atractiva que estaba con los pantalones blancos y la camiseta amarilla que se había puesto. Siempre se las arreglaba para parecer sexy con cualquier cosa. Tenía una elegancia natural.

Pensó en las tres semanas que habían pasado desde que la tomó entre sus brazos y la besó y se preguntó cuánto tiempo más podría esperar. La deseaba con toda su alma. Pero se recordó que la estrategia era fundamental y que, si cometía el error de actuar con demasiada rapidez, la perdería para siempre.

En cuanto a Helena, se preguntaba si Oscar habría pensado alguna vez en el efecto que aquel beso había causado en ella. Había sido un contacto breve, pero suficiente para avivar un fuego que creía apagado.

Sin embargo, estaba segura de que Oscar no había sentido lo mismo. Y aunque se hubiera portado como un caballero al acercarse a su casa para ayudar con la mudanza, se dijo que no lo había hecho por caballerosidad, sino por necesidad; a fin de cuentas, el testamento de Isobel los había convertido en socios.

Por fin, abandonaron la autopista y tomaron una carretera secundaria que avanzaba por una zona particularmente hermosa. Helena se relajó y se dedicó a contemplar las colinas y los prados, donde a veces se distinguía algún rebaño de ovejas. Llevaba tanto tiempo en la ciudad que la vista le alegró los ojos. Necesitaba estar un par de meses lejos de las aglomeraciones y del ruido.

–¿Te apetece que paremos ahora? Por aquí hay muchos sitios interesantes donde se puede comer...

Helena no tuvo más remedio que asentir. A decir verdad, estaba hambrienta.

–Sí, gracias. Pero si te parece bien, prefiero que disfrutemos de un picnic. Llevo comida en una de las bolsas.

En realidad, lo que Helena llevaba no daba para un picnic en condiciones. Se había limitado a guardar un termo con café, una tableta de chocolate y una ensalada que había preparado con lo único que quedaba en el frigorífico: un tomate, un pepino pequeño, un champiñón solitario y algo de lechuga.

Minutos más tarde, Oscar detuvo el vehículo junto la valla de una granja. Después, salieron del todoterreno.

–Hace un día precioso, ¿verdad? –dijo él.

–Sí que lo es.

Oscar abrió la puerta de la valla y caminaron hasta un claro, donde se sentaron a comer.

–Quizás he exagerado un poco al hablar de picnic... –declaró ella mientras sacaba las cosas–. No esperes nada excepcional. Esto es lo que me quedaba en casa.

–No esperaba nada, Helena... Además, yo no tengo hambre; te recuerdo que ya comí en el avión.

–Bueno, en ese caso te puedo ofrecer un café.

–Eso estaría bien.

Helena abrió el termo y le sirvió un café en el tapón de plástico. Cuando se lo dio, sus miradas se encontraron y ella se sintió tan embriagada por su magnetismo que tuvo que hacer un esfuerzo sobrehumano para girar la cabeza.

En ese momento no habría sido capaz de expresar sus sentimientos con palabras. Solo sabía que se sentía a salvo y sorprendentemente feliz en compañía de Oscar; una situación que, un mes antes, le habría parecido imposible.

Mientras ella se tomaba la ensalada, él se recostó a su lado y disfrutó del café; pero la comida era tan frugal que la terminó enseguida.

–¡Mira! ¡No me lo puedo creer! –exclamó entonces–. Hay prímulas en el prado... ¡Hacía años que no veía prímulas!

Oscar la miró sin entender nada.

–¿Prímulas? ¿Qué es eso?

Helena se levantó.

–Es una flor silvestre muy rara de encontrar... de hecho, me llevaría un ramo si no fueran tan escasas –respondió–. Pero voy a verlas de cerca.

Oscar extendió las piernas, se apoyó en los codos y se dedicó a observar a Helena mientras paseaba entre las plantas y se inclinaba para tocar las flores, con cuidado de no dañarlas. A diferencia de las mujeres a las que había conocido, Helena podía ser feliz con cualquier cosa. Y hacerle feliz a él con cualquier cosa.

Cuando Helena volvió de su paseo por el prado, regresaron al coche y se pusieron en marcha; pero al cabo de un par de minutos, unas vacas invadieron la carretera y obligaron a Oscar a bajar la velocidad.

—Esto nos va a retrasar un poco —dijo.

Cuando dejaron atrás a las vacas y al pastor, que iba en compañía de dos perros, Helena comentó:

—Espero que Benjamin me permita acompañarle en sus paseos con Rosie. Siempre me han encantado los perros.

—Entonces, ¿por qué no tienes uno?

—Porque el piso de Londres era demasiado pequeño y, en cualquier caso, no habría tenido tiempo para él.

Mientras hablaba, Helena admiró el perfil de Oscar y los duros músculos de sus piernas, muy evidentes bajo los pantalones vaqueros. En su opinión, era de la clase de hombres con los que cualquier mujer habría querido estar.

Pero tragó saliva, se giró hacia la ventanilla y se dijo que estaba soñando despierta. Oscar no sería nunca suyo.

Cuando llegaron a Dorset, ya se había hecho tarde. Louise se mostró aliviada al ver que estaban sanos y salvos y se sorprendió al ver el todoterreno alquilado que, naturalmente, no había visto nunca.

–¿Y ese coche? –preguntó.

–Es de alquiler –contestó Helena–. Mi utilitario no arrancaba esta mañana y Oscar ha tenido la amabilidad de ir a buscarme.

Louise le lanzó una mirada llena de picardía.

–Vaya, Oscar, te has tomado muchas molestias... –comentó.

Louise se apartó la puerta de la casita y los invitó a entrar a tomar un café, pero Helena sacudió la cabeza.

–Te lo agradezco mucho, pero tengo todas mis cosas en el coche y me gustaría sacarlas antes de que se haga más tarde.

–Como queráis. He dejado bastante comida en la casa; suficiente para dos –explicó Louise–. Y todas las habitaciones están preparadas.

En cuanto llegaron a Mulberry Court, Oscar y Helena empezaron a descargar el todoterreno.

–¿Por qué no entras en la casa, descansas un poco y te tomas un té? –preguntó Oscar–. Yo me encargo de esto.

En otras circunstancias, Helena se habría negado; pero estaba cansada y aceptó el ofrecimiento sin rechistar.

Se dirigió a la cocina, abrió el frigorífico y descubrió que Louise les había dejado uno de sus famosos pasteles de carne. Helena lo sacó y pensó que estaría perfecto después de calentarlo en el horno.

Oscar apareció poco después.

–He dejado muchas de tus cosas en tu habitación

–le informó–, pero he llevado los libros y la música a la biblioteca.

Helena le dedicó una sonrisa de agradecimiento.

–Gracias, Oscar. Mientras la cena se calienta, voy a subir a refrescarme un poco.

Al llegar arriba, descubrió que Oscar había apilado las cajas tan bien que podía llegar a la cama sin dificultades. Y la cama le pareció tan tentadora que sintió la tentación de echarse a dormir.

Sin embargo, se resistió al deseo y entró en el cuarto de baño. No sabía dónde había guardado su neceser, de modo que tuvo que cepillarse el pelo con los dedos.

Se lavó rápidamente y volvió a bajar a la cocina. Oscar estaba junto a la ventana, con las manos en los bolsillos de los pantalones.

–Huele muy bien –dijo él.

–Sí, ¿verdad? Louise siempre ha sido una gran cocinera –afirmó–. Y sus pasteles de carne son maravillosos...

–Desde luego que lo son.

Después de cenar, Helena se atrevió a formular la pregunta que le había estado rondando la cabeza.

–¿Cuánto tienes que volver a Atenas?

–El lunes, a la hora de comer –contestó Oscar–. Pero antes, tengo que hacer un par de cosas en Dorchester.

Helena asintió, pero no dijo nada. Luego, echó un último trago del vino blanco que Louise les había dejado en el frigorífico y se levantó de la silla.

–Creo que será mejor que me acueste. Estoy realmente agotada –dijo, mirándolo a los ojos–. Gracias por haber ido a buscarme, Oscar; no sé qué habría hecho sin ti. Espero no haberte molestado mucho.

Oscar se levantó lentamente y el pulso de Helena se aceleró al instante. No quería que la noche terminara como la última vez. Ya había tenido bastantes emociones por un día. No estaba preparada para un beso.

Sin embargo, él se limitó a recoger la mesa y a llevar los platos, los vasos y los cubiertos a la pila.

–Tú no me molestas nunca, Helena. Además, no te podía dejar en la estacada.

Oscar hizo un esfuerzo y le dio la espalda para no caer en la tentación de abalanzarse sobre ella. Helena no era como Allegra o Callidora, mujeres desinhibidas que sin duda alguna habrían querido que les hiciera el amor. Helena era más tímida. Y si quería volver a conquistar su corazón, tendría que tomárselo con calma.

Sin embargo, estaba seguro de poder conseguirlo. Solo debía esperar hasta que se presentara el momento adecuado.

–Buenas noches, Helena.

Capítulo 6

OSCAR volvió a Mulberry Court al día siguiente, por la tarde, con los limpiaparabrisas funcionando a toda velocidad.

No esperaba estar tanto tiempo en Dorchester, pero se había encontrado inesperadamente con John Mayhew y decidieron tomar una copa en el hotel The Bear. Oscar envió un mensaje a Helena para advertirle de que llegaría tarde, pero ella no contestó.

Al llegar a la casa, entró por la puerta de la cocina. Como Helena no estaba allí, supuso que habría subido a su dormitorio a ordenar sus cosas.

Puso una cafetera en el fuego y se acercó a la ventana. Llovía tanto que Oscar echó de menos las paradisíacas islas griegas, a las que iba siempre que podía. Le habría gustado estar allí, contemplando las aguas azules de un mar que competía con el azul intenso del cielo. En las islas, el tiempo parecía irrelevante.

Pero ahora estaba en Inglaterra y ese era su clima normal.

De repente, Benjamin y Rosie aparecieron entre los árboles de la parte delantera de la casa. Debían de llevar un buen rato en el exterior, porque estaban empapados. Cuando Benjamin vio a Oscar en la ventana, lo saludó con la mano y dijo algo ininteligible antes de dirigirse a toda prisa hacia la puerta de la cocina.

Oscar le abrió la puerta, pero el jardinero se quedó en el umbral.

—¿Le podrías decir a Helena que ya he encontrado a este maldito animal?

Oscar arqueó una ceja.

—¿Qué ha pasado?

—Bueno, estábamos dando un paseo por la propiedad cuando Rosie ha olfateado algo y ha salido corriendo —explicó—. Es una perra muy obediente, pero esta vez no respondía a mis llamadas y me ha dado miedo de que saliera de la propiedad y la atropellara un coche al cruzar alguna de las carreteras.

—Sí, claro...

—Cuando Helena lo ha sabido, se ha empeñado en acompañarme. Ha dicho que sabía dónde buscar, porque conoce bien la zona; pero como no la encontrábamos, nos hemos separado para buscar mejor... Yo he ido hacia el oeste y ella, hacia el este —Benjamin se apartó un mechón mojado de la cara—. Ya estaba prácticamente agotado cuando Rosie ha aparecido. Me ha hecho andar varios kilómetros.

—Pues no estoy seguro de que Helena haya vuelto...

—Eso no es posible. Tiene que estar aquí. Acordamos que, si no encontrábamos a Rosie, dejaríamos de buscar y volveríamos a la casa.

Oscar lo pensó un momento y preguntó:

−¿Por dónde se ha ido?

Benjamin le dio las indicaciones oportunas y Oscar asintió. Conocía muy bien el lugar; lo conocía casi tan bien como la propia Helena, aunque hacía tiempo que no pasaba por allí.

Tras asegurarse de que efectivamente no había regresado a la casa, Oscar se sirvió un café, abrió el periódico del domingo y echó un vistazo al reloj de pared de la cocina. Suponía que Helena volvería en cualquier momento, aunque se preocupó un poco al ver que se había dejado el móvil en la mesa.

Al cabo de un rato, tomó una decisión.

Dejó el periódico a un lado, entró en el vestíbulo y se puso el chubasquero que había colgado allí. Ya había pasado demasiado tiempo. No le quedaba más opción que salir a buscarla.

Su preocupación aumentó mientras caminaba por el campo. Faltaban unas cuantas horas para el anochecer, pero el cielo estaba más encapotado y llovía con más fuerza que antes. No era un día precisamente adecuado para vagar en soledad.

Apretó el paso y, al llegar al camino principal, giró hacia el bosquecillo adonde solían llevar a Bella en los viejos tiempos. A escasa distancia, había una colina desde la que se divisaba toda la zona; así que subió a lo más alto y miró a su alrededor.

Obviamente, no había nadie. Y no se oía nada salvo la lluvia y el sonido de sus propios pasos en la tierra empapada.

–¡Helena! ¡Helena!

Helena no respondió, pero la localizó unos segundos después. Estaba abajo, sentada en el escalón de piedra de la entrada de la valla que daba al camino público.

Oscar bajó a toda prisa y se plantó ante ella en un par de minutos.

Helena alzó la cabeza y lo miró con expresión atribulada. Se había puesto un chubasquero, pero no tenía capucha y tenía el pelo empapado. Pero eso no era lo peor; sorprendentemente, iba descalza.

–Oh, Helena...

–¿Rosie ha aparecido?

Oscar asintió.

–Sí. Benjamin pasó por casa hace más o menos una hora. ¿Se puede saber qué demonios te ha pasado?

–Nada, que me olvidé del cenagal. Iba corriendo a toda prisa y me metí sin darme cuenta... al final he conseguido salir, pero una de las zapatillas se ha quedado en alguna parte, hundida en el barro.

–¿Y por qué no llevas la otra?

–Porque caminar con una sola zapatilla es muy incómodo –alegó.

Oscar le dio la mano y la ayudó a ponerse en pie.

–Vámonos.

El camino de vuelta fue lento. Oscar le pasó un brazo alrededor de la cintura y ella se apoyó en él, agradecida; pero de vez en cuando, soltaba un grito de dolor al pisar alguna hoja de pino o alguna ortiga particularmente cruel.

—Habría jurado que sabía dónde se había metido Rosie. A fin de cuentas es una perra y esta época del año es una tentación para ellos... toda la propiedad está llena de conejos. Además, el pobre Benjamin estaba muy preocupado.

Oscar no dijo nada. Se limitó a llevarla a la casa.

—Será mejor que suba a darme un largo baño caliente –dijo ella cuando colgaron los chubasqueros–. Pero antes, ¿me podrías dar una toalla? No quiero caminar por la casa con los pies llenos de barro.

—Espera un momento.

Oscar la sentó en uno de los taburetes. Después, llenó una palangana con agua caliente, alcanzó una toalla limpia y un jabón y se arrodilló ante ella para limpiarle los pies.

Al sentir el contacto de sus manos, Helena sintió una descarga de placer y se ruborizó. Sabía que estaba espantosa; tenía barro por todas partes y el pelo empapado y pegado a la cara; pero Oscar la tocaba y la miraba de tal manera que la hacía sentirse profundamente femenina y deseable.

Lentamente, le enjabonó los pies y siguió por sus pantorrillas, que acarició con movimientos rítmicos y suaves. Helena gimió sin poder evitarlo y cerró los ojos. No recordaba que nadie la hubiera tocado con tanta delicadeza.

—Oh... eso está muy bien... –susurró.

Momentos más tarde, abrió los ojos y descubrió que Oscar la estaba observando con aquellos ojos intensos que siempre la dejaban sin aliento. Era consciente de que la limpieza de sus pies se había convertido en algo peligroso, pero no quería que dejara de tocarla; quería que siguiera eternamente.

Por fin, Oscar le quitó el jabón y empezó a secar. Sabía que sus caricias le estaban gustando, así que sonrió para sus adentros y alargó el proceso más de lo que habría sido necesario en otras circunstancias. De haber podido, le habría hecho el amor allí mismo.

Justo entonces, Helena se dijo que su intimidad se estaba volviendo demasiado intensa y apartó los pies.

—Gracias, Oscar. Ha sido... un detalle por tu parte —declaró con nerviosismo—. Cuando vuelva, prepararé algo de cenar.

—De acuerdo.

Un buen rato después, mientras tomaban café en el invernadero, Oscar comentó:

—Te he comprado un coche.

Helena frunció el ceño.

—¿Qué has dicho?

—Que te he comprado un coche —repitió.

—Pero...

—Esta mañana he pensado que necesitarías un vehículo para moverte por la zona y me he puesto en contado con uno de los concesionarios de la ciudad, que lo ha solucionado al instante —explicó—. Está registrado a tu nombre... te lo traerán mañana a primera hora. Es como el que tienes ahora, pero de un modelo más moderno.

Helena no lo podía creer. Además de comprarle un coche sin decirle nada, existía el pequeño problema de que no tenía dinero para pagarlo; sus escasos ahorros solo alcanzaban para la comida.

—Oscar, no puedo pagar un coche...

—Y no tienes que pagarlo.

—¿Qué?

—Ya lo he pagado yo.

—Oscar, no voy a aceptar que...

Oscar la interrumpió.

—Si no lo quieres para ti, me parece bien. Será el coche de Mulberry Court y estará a disposición mientras vivas en la casa. Pero no espero que tú pagues nada.

Helena sacudió la cabeza y se preguntó si lo de comprarle un coche formaba parte de sus planes. Quizás fuera una forma de engatusarla para que le vendiera su parte de la propiedad y se marchara de allí.

Sin embargo, desestimó la idea. Conocía a Oscar lo suficiente como para saber que lo del coche solo había sido un detalle generoso, un intento de ayudar. Aunque si la decisión hubiera dependido de ella, se habría limitado a alquilar uno.

Pasaron unos segundos de silencio tenso. Oscar notaba que Helena no estaba particularmente contenta, pero lo achacó a la larga caminata por el campo y al susto de no encontrar a la perra de Benjamin.

Miró la hora y se levantó de repente.

—Acabo de recordar que he dejado algo importante en el coche.

Oscar salió de la casa. Helena se levantó del taburete y se acercó a la ventana de la cocina. Aún sentía el eco de sus manos en las pantorrillas y en los pies. Había sido una de las experiencias más sensuales de su vida; una experiencia tan sensual que se preguntó si sus repetidos fracasos con los hombres no se deberían al hecho de que seguía enamorada de Oscar Theotokis.

Frunció el ceño y se dijo que esa forma de pensar no la llevaba a ninguna parte.

Entonces, el móvil que estaba en la mesa empezó a sonar. Helena lo alcanzó y respondió antes de darse cuenta de que no era su teléfono, sino el de Oscar.

Pero ya no podía colgar.

—¿Dígame?

—¿Con quién hablo? —preguntó una mujer al otro lado de la línea—. He llamado al teléfono de Oscar Theotokis...

—Sí, sí, no se preocupe. Volverá dentro de un momento —acertó a decir—. ¿Quiere dejarle un mensaje?

Tras unos segundos de duda, la mujer respondió. Hablaba en inglés, pero con un acento muy fuerte.

—Sí, por qué no. Dígale que, desgraciadamente, mi hermana Allegra ha perdido el niño. Sé que Oscar querrá saberlo... Y dígale también que me gustaría hablar con él.

—Pero no me ha dicho su nombre...

—Ah, es cierto. Soy Callidora.

Helena tragó saliva.

—¿No prefiere esperar un poco? Estoy segura de que volverá enseguida.

—No, tengo que irme. Dele mi mensaje, por favor.

La mujer cortó la comunicación y Helena dejó el teléfono donde lo había encontrado. Había cometido un error grave, pero ya no tenía remedio. Y miró el aparato como si le pudiera revelar alguna información.

Allegra, la hermana de Callidora, había perdido el niño que estaba esperando. Un niño que, por algún motivo, era importante para Oscar.

Sacudió la cabeza y empezó a retirar las tazas de café. Oscar apareció en ese instante con un archivador de gran tamaño.

—Te han llamado al teléfono y he contestado... lo siento mucho; pensé que era el mío —explicó sin preámbulos.

—¿Quién era?

—Una mujer. Callidora —contestó—. Llamaba para decirte que su hermana ha perdido el niño y que quiere hablar contigo pronto.

La expresión de Oscar se volvió sombría.

—Oh, vaya.

Helena se mantuvo en silencio.

—¿Le has dicho a Callidora que vuelvo a Grecia mañana?

Ella sacudió la cabeza.

–No. No le he dicho nada.

Helena dejó las tazas en la pila y subió a su dormitorio, donde se metió en la cama. En cuestión de minutos, había pasado de sentirse profundamente seducida por las caricias de Oscar a hundirse en un pozo de depresión e inseguridad.

Sabía muchas cosas de Oscar, pero también había muchas que desconocía.

Cosas que quizás no llegaría a saber.

A medianoche, Oscar se retiró a su habitación. Habría dado lo que fuera por hacer el amor con Helena. Pero esta vez no era pasión pura, sino el deseo de tomarla entre sus brazos y de protegerla.

La había encontrado tan indefensa en el campo, tan vulnerable y tan deseable a la vez, que le llegó al alma. Y más tarde, mientras le lavaba los pies y las pantorrillas, tuvo la certeza de que ella también le deseaba. Lo había visto en sus ojos.

Se detuvo un momento ante la puerta de Helena y escuchó. Al oír su respiración lenta, síntoma inequívoco de que se había quedado dormida, abrió con mucho cuidado y echó un vistazo.

Helena estaba boca arriba, con los brazos por encima de la cabeza y su cabello cayendo sobre la almohada. Llevaba la ropa interior y había quitado el edredón, que yacía junto a la cama, arrugado.

Incapaz de resistirse, entró en la habitación.

La luz de la luna le bañaba la piel, desde el cuello hasta las piernas. Tenía la boca ligeramente entreabierta y sus pechos, embutidos en un sostén de encaje, subían y bajaban al ritmo de su respiración.

Oscar tragó saliva, excitado.

Después, alcanzó el edredón y se lo puso por encima con cuidado de no despertarla. Luego, la miró unos segundos más y susurró, antes de marcharse:

—*Kalinihta, agapi mou.*

Capítulo 7

EL COCHE nuevo, de color azul metálico, llegó el lunes por la mañana. Helena seguía molesta con Oscar por habérselo comprado sin consultarle antes, pero se sintió orgullosa cuando lo condujo por primera vez.

Además, Oscar tenía razón. Si se iba a quedar en Mulberry Court, necesitaba un medio de transporte, bien para ir a Dorchester a hacer la compra o bien, para ir al trabajo cuando encontrara uno.

Entonces, recordó lo impotente que se había sentido cuando vio que su coche no arrancaba y la sorpresa que se había llevado cuando abrió los ojos y descubrió a Oscar al otro lado de la ventanilla, ejerciendo de ángel de la guarda.

A finales de semana, Helena ya estaba perfectamente asentada en la casa. Louise pasaba con frecuencia, para hacer las tareas de costumbre, y Helena disfrutaba enormemente de las conversaciones que mantenían.

Pero su mayor diversión eran los bienes de la casa. Aunque Oscar había tomado algunas notas, quería catalogarlo todo personalmente. Y a medida que avanzaba, se iba dando cuenta de que aquellos objetos pertenecían a Mulberry Court y de que no estaba bien que se los vendieran a unos extraños.

Sin embargo, tenía que ser realista. Ella solo quería las dos figurillas de porcelana y, quizás, algunos de los libros de Isobel. Lo demás tendría que ir a alguna parte.

Se mordió el labio y empezó a pensar en lo que haría cuando vendieran la propiedad de su difunta amiga; podía volver a Londres y alquilar un piso mientras buscaba una residencia permanente, que compraría con el dinero de la venta. Pero no quería plantearse esas cosas. Ahora estaba en Mulberry Court, la casa que siempre había sido un hogar para ella; una casa donde se sentía a salvo.

En cuanto a Oscar, había llamado muchas veces por teléfono. Y cada vez que llamaba, Helena se estremecía al oír su voz. Sabía que no podía mantener una relación con él, que era demasiado peligroso, pero se alegró cuando supo que tenía intención de volver a Gran Bretaña unos días más tarde.

Entonces, empezó a considerar seriamente la posibilidad de olvidar sus temores y dejarse llevar por lo que sentía.

A fin de cuentas, ya no era una adolescente inexperta e incapaz de comprender la diferencia entre el amor y el sexo. Se había convertido en una mujer adulta, capaz de disfrutar de los placeres de la vida. Además, no había nada malo en el deseo de disfrutar de un hombre tan atractivo como Oscar.

Pero esta vez, tendría que ser cuidadosa. No podía empeñar su corazón en el intento.

Solo se trataba de disfrutar del presente.

Helena estaba metiendo la ropa sucia en la lavadora cuando Louise entró en la cocina. Parecía muy preocupada.

—¿Qué pasa, Louise?

—Acabo de recibir una llamada de Sarah, mi prima. Y me temo que no son buenas noticias —contestó.

—Ah...

—Está en el hospital. La pobre ha sufrido un desprendimiento de retina. Por lo visto fue tan repentino que la operaron anoche, aunque espera volver pronto a casa.

—Menos mal.

Louise asintió.

—Sin embargo, necesitará que alguien cuide de ella durante una semana. Y sinceramente, yo soy la única persona que está disponible... soy la única familia que tiene.

—¿Y sus vecinos? ¿No pueden cuidar de ella?

—No. Se lleva muy bien con ellos, pero mi prima es demasiado orgullosa para permitir que la cuiden.

—¿Y cuándo te vas? ¿Ya has comprobado los horarios de los trenes? Si quieres, te puedo llevar a la estación —se ofreció.

Louise se sentó y miró a Helena.

—Sale un tren a las diez y media de la mañana,

pero me disgusta dejarte aquí, sola. Me lo paso tan bien contigo... es como volver a los viejos tiempos –le confesó con ansiedad–. Por otra parte, no sé cuándo estaré de vuelta. Depende de Sarah, de cómo se recupere. Y las cosas llevan más tiempo cuando envejeces.

–No te preocupes por eso.

–¿Cómo no me voy a preocupar? Soy sincera al decir que detesto dejarte sola.

Helena se encogió de hombros.

–Son cosas que pasan, Louise. Nadie tiene la culpa. Sarah te necesita y no tienes más remedio que ir con ella.

Helena empezó a preparar café y siguió hablando.

–Pasaré a buscarte a las nueve y media. Tendremos tiempo de sobra para llevarte a la estación de ferrocarril.

–Te lo agradezco mucho, pero hay algo que todavía no sabes...

–¿A qué te refieres?

–A que Benjamin también se va a marchar. Tiene que ir a ver a sus hijos... una oportunidad que no se le presenta con frecuencia –contestó–. Es un hombre maravilloso, pero su exmujer lo trata mal.

Helena asintió.

–Sí, ya lo sé. Oscar me contó su historia.

Tras unos momentos de silencio, Louise lanzó una mirada a Helena y dijo:

–Es bueno que Oscar vuelva a Mulberry Court, ¿no te parece? No visitaba mucho a Isobel, pero a ella no le importaba porque respetaba sus motivos... siempre decía que trabajaba mucho y que era muy responsable. Ahora vuelve a ser como en los viejos tiempos, cuando venía a pasar las vacaciones.

—Sí, siempre estaba aquí en vacaciones —dijo Helena con naturalidad—. A decir verdad, no nos habíamos visto desde entonces... y si nos vemos ahora, es porque los términos del testamento nos obligan.

Helena le sirvió un café y se sentó con ella a la mesa.

—La vida es tan extraña... —comentó Louise.

—¿Por qué lo dices?

—Porque nunca sabes lo que te puede deparar.

Helena la miró y asintió.

Alrededor de la medianoche del domingo, algo hizo que Helena se despertara en la cama y mirara a su alrededor con sobresalto. Creía haber oído un ruido, así que se levantó y se acercó a la ventana.

No vio nada en absoluto.

Solo la luna, parcialmente oculta tras unas nubes algodonosas. Y solo el susurro del viento en las hojas de los árboles.

Pero algo había cambiado; algo que la puso en un estado de alerta tan tenso que se sintió en la necesidad de echar un vistazo por la casa.

Se puso el camisón y alcanzó el teléfono móvil por si acaso. Acto seguido, salió descalza, bajó por la escalera y continuó hasta el vestíbulo. Entonces, se detuvo. Alguien tosió y una segunda persona susurró algo que no pudo entender.

Helena se quedó helada, pero contuvo su pánico y se dirigió a la ventana de la cocina. Afuera, iluminados por los pilotos de emergencia de la casa, había dos hombres. Y estaban tan concentrados en su esfuerzo por forzar la puerta trasera, que no se dieron cuenta de que los miraba.

Para entonces, el pulso se le había acelerado y la boca se le había quedado seca; pero a pesar de ello, se sentía extrañamente tranquila, como si estuviera viendo una escena de una película de televisión.

Momentos después, uno de los dos hombres se quitó la capucha que le cubría la cara y Helena vio que no era un hombre, sino un joven pálido que estaba en mitad de un ataque de asma. Reconoció inmediatamente los síntomas porque Jason también los había sufrido.

Respiró hondo, se acercó a la puerta, quitó los dos cerrojos y abrió.

—Permítanme que les ahorre el problema, caballeros —dijo con absoluta naturalidad—. ¿Qué desean?

Oscar conducía a toda velocidad, asustado ante lo ocurrido. De hecho, estaba tan asustado que, cuando Helena colgó el teléfono, habría ido directamente al aeropuerto y habría tomado el primer avión si sus negocios no se lo hubieran impedido.

Alguien había intentado entrar en la casa.

Por supuesto, Oscar presionó a Helena para que le diera más detalles, pero además de informarle de que Benjamin y Louise se habían marchado, ella se limitó a decir que el asunto estaba resuelto. Y por fin, tres días más tarde, llegó a Mulberry Court.

Helena, que le estaba esperando en el vestíbulo, abrió la puerta principal y le dedicó una enorme sonrisa.

Levaba el pelo suelto y se había puesto una blusa de estilo rústico y una falda negra que llegaba a los tobillos. Oscar la miró y sus ojos se oscurecieron al instante. Tenía un aspecto tan indefenso e inocente que se maldijo a sí mismo por haber permitido que se quedara sola en la propiedad.

–Hola –dijo ella–. ¿Qué tal el vuelo?

Helena notó su expresión sombría y supo que la iba a someter a un interrogatorio, pero Oscar se limitó a responder breve y secamente a su pregunta antes de dirigirse a su habitación, donde dejó el maletín y la bolsa de viaje.

A continuación, se lavó la cara en el cuarto de baño y se cambió de camisa. Había interrumpido su trabajo para viajar a Gran Bretaña, pero no le preocupaba; gracias a la tecnología, podía trabajar desde Mulberry Court.

Además, ahora tenía otras preocupaciones. Preocupaciones más personales. Preocupaciones que, por primera vez en mucho tiempo, no guardaban relación alguna con su empresa.

Bajó a la cocina y miró a Helena, que estaba preparando algo de comer. Luego, apartó la mirada a regañadientes y se sentó a la mesa, sintiéndose súbitamente agotado. Helena ya había llevado una jarra de agua, una botella de vino y dos copas.

Poco después, ella abrió el horno y sacó un asado con patatas.

—Espero que esté bueno. Se lo he visto hacer muchas veces a Louise, pero yo no lo había preparado hasta ahora.

Oscar guardó silencio y ella se sentó frente a él.

—No sabía que cocinar pudiera ser tan divertido —continuó.

—Tiene un aspecto excelente. Gracias.

Ella apartó la mirada y sirvió dos platos.

—Me pregunto quién vivirá aquí el año que viene. Sea quien sea, será muy afortunado... espero que Mulberry Court acabe en manos de una persona agradable, de una persona que merezca la propiedad.

Comieron en silencio durante unos minutos, hasta que Oscar se hartó de sus dilaciones y decidió ir al grano.

—Quiero que me cuentes lo que pasó, Helena. Y que me lo cuentes bien, con todo lujo de detalles.

Ella respiró hondo.

—No fue nada... en serio.

—¿Que no fue nada? ¿Cómo puedes decir eso?

—preguntó, irritado—. ¡Me parece increíble que les abrieras la puerta en lugar de llamar inmediatamente a la policía! ¿Se puede saber en qué demonios estabas pensando?

Helena intentó mantener la calma.

—Está bien, te lo contaré... ¿Por dónde quieres que empiece?

—Por el principio.

Como ya habían terminado de comer, Helena se levantó, sirvió dos tazas de café y volvió con ellas a la mesa.

—Estaba dormida cuando algo me despertó. No recuerdo qué hora era, pero debía de ser tarde... solo sé que tenía que bajar a ver lo que pasaba.

—Dios mío, Helena...

—No estaba asustada. Bajé más por curiosidad que por otra cosa.

Oscar la miró con asombro, pero la dejó hablar.

—Al acercarme a la ventana de la cocina, vi que dos hombres intentaban forzar la puerta trasera. Estaban susurrando y uno de ellos no dejaba de toser...

—Y entonces, abriste la puerta.

Helena asintió.

—La abrí porque me di cuenta de que no eran hombres, sino jovencitos. Uno de ellos estaba en plena crisis de asma, de modo que los invité a entrar.

Oscar arqueó las cejas.

—¿Que los invitaste a entrar?

—Por supuesto que sí.

—*Ya to onoma tou Theiou!*

—¿Cómo? –preguntó Helena.

—¡Que debiste llamar a la policía!

—Eso ya lo has dicho antes, Oscar. Pero habría sido malgastar el dinero público.

—Sinceramente, no te entiendo –declaró, desesperado.

—Habría llamado a la policía si hubieran sido un par de maleantes que intentaban derribar la puerta o causar algún daño, pero solo eran un par de chicos que estaban probando unas llaves para ver si alguna de ellas abría. Ni siquiera se les ocurrió que los pestillos estuvieran echados –explicó con una sonrisa.

—¿Y eso te parece divertido?

—Me lo parece porque lo es.

—Helena, no dudo que solo fueran unos chicos... pero eran dos y te podrían haber hecho cualquier cosa –le recordó.

Helena no dijo nada.

—Además, podrías haber llamado a Benjamin –siguió hablando él–. Lo conozco y sé que habría venido de inmediato.

—No quería llamar a Benjamin. Estaba con sus hijos.

Oscar apretó los labios. Helena se había enfrentado a una situación potencialmente peligrosa sin ayuda de nadie, completamente sola.

Era algo inadmisible.

—Pregunté qué estaban haciendo y me contestaron. Al parecer, le dijeron a su madre que se quedarían a dormir en casa de un amigo... pero en realidad, tenían intención de pasar la noche por ahí.

—¿Y cómo terminaron en Mulberry Court? ¿Por qué intentaban forzar la puerta? —preguntó Oscar.

—Porque Harry, que solo tiene doce años, sufrió un ataque de asma. Entonces les dio miedo y buscaron un sitio donde cobijarse.

—Podrían haber vuelto a su casa...

—No podían, Oscar. Dijeron que su madre les mataría si se llegaba a enterar de lo que había pasado.

—Pero, ¿por qué vinieron aquí precisamente?

Helena sacudió la cabeza con incredulidad.

—Me extraña que preguntes eso... Mulberry Court es un lugar muy conocido entre los jovencitos de la zona. Además, parece ser que Isobel los invitaba a sus amigos y a ellos de vez en cuando —respondió.

Oscar no dijo nada.

—Isobel siempre confiaba en la gente. Por eso la querían tanto —añadió Helena.

—Ya. ¿Y qué pasó después?

—Bueno, les preparé una cama para que pasaran la noche y...

—¿Que les preparaste una cama?

—Eso he dicho.

—¿Dejaste que durmieran aquí?

—Sí, claro que sí. Después de calmar a Harry, de asegurarme de que respiraba mejor y de prepararles un chocolate caliente. Son muy buenos chicos.

Oscar suspiró.

—¿Y dónde durmieron?

—No te preocupes, no les ofrecí ni tu cama ni la mía. Les llevé un par de edredones y se quedaron en el salón. Harry durmió en el sofá y Caleb, su hermano, en unos cojines que puse en el suelo.

Oscar no salía de su asombro.

—¡Podrían haber robado algo, Helena!

Helena suspiró con exasperación.

—¿Cuándo? No los dejé solos en ningún momento, excepto un par de minutos para llevarles los edredones y los cojines, que saqué de las sillas del invernadero. Y después, se quedaron dormidos enseguida... Te aseguro que no falta nada de nada. No se han llevado ni una maldita cucharilla.

—Ya, bueno... ¿y a qué hora se han marchado?

—Los he levantado a las ocho en punto y les he preparado algo de desayunar —contestó, encogiéndose de hombros—. Se han ido después de que les soltara una buena reprimenda por lo que han hecho.

—Es lo menos que debías hacer.

—Me han dado las gracias por todo... ¿no te parece encantador?

Oscar la miró, dominado por emociones contradictorias. Helena tenía razón; después de oír la historia, debía admitir que no había corrido ningún peligro. Pero las cosas podrían haber sido distintas. En lugar de un par de chicos, podrían haber sido dos delincuentes.

—¿Y tú? ¿Al final conseguiste dormir?

Helena sacudió la cabeza.

–No, estaba tan despierta que no pude pegar ojo. Fui a la salita de estar y me dediqué a ver películas.

–Por no molestar a nuestros invitados, supongo –comentó con ironía.

–Naturalmente. Es lo que Isobel habría hecho.

Oscar se inclinó hacia delante y rellenó sus copas de vino.

–No sé cuánto tiempo vas a quedarte en Mulberry Court, Helena, pero lo he arreglado todo para quedarme contigo. Por lo menos, hasta que Louise vuelva.

–Eso es absurdo...

Oscar sacudió la cabeza.

–No quiero que estés sola.

Helena lo miró con expresión desafiante.

–Soy perfectamente capaz de cuidar de mí misma, Oscar. Además, Benjamin ya ha regresado –le recordó... no pierdas el tiempo por mi culpa.

–No lo voy a perder. Trabajaré en mi despacho.

Oscar no le dijo toda la verdad. Tenía intención de llevarse a Helena de Mulberry Court, lejos de los recuerdos del pasado que se interponían entre ellos.

Sabía que iba a ser difícil, pero estaba decidido a conseguirlo.

Y al final, si todo salía según sus planes, le haría el amor bajo el seductor influjo de un cielo mediterráneo.

Capítulo 8

AQUELLA noche, mientras se preparaba para acostarse, Oscar pensó en lo que Helena le había contado.

Le resultaba difícil de creer que hubiera abierto la puerta, en plena noche, a unos desconocidos que pretendían entrar en la casa. Y precisamente, cuando Louise y Benjamin se habían marchado. Cuando nadie podría haber acudido en su ayuda.

Ni siquiera se atrevía a pensar en lo que podía haber pasado.

Se metió en la ducha y, tras unos minutos de relax, se puso una toalla alrededor de la cintura y se secó el pelo con otra. Debía encontrar el modo de convencer a Helena de que necesitaba unos cuantos días al sol, lejos del clima infernalmente húmedo de Dorset. Y para convencerla, debía encontrar el momento adecuado.

Pero lo conseguiría. No tenía la menor duda al respecto.

Ya estaba a punto de meterse en la cama cuando oyó un ruido que le llamó la atención. Alguien estaba susurrando.

Salió rápidamente del dormitorio y entró en la habitación de Helena, que solo llevaba un camisón. Parecía deprimida. Caminaba de un lado a otro y pronunciaba algo ininteligible. De hecho, ni siquiera había notado la presencia de Oscar.

Él se acercó y le pasó un brazo alrededor de la cintura.

—¿Qué ocurre, Helena? —quiso saber.

—Mis figurillas...

—¿Tus figurillas?

—He bajado a la biblioteca y no están donde debían estar... Dios mío, Oscar. Isobel siempre dijo que serían mías... son lo único que quería de esta casa —declaró, fuera de sí—. ¿Se las habrán llevado los chicos? Tengo que ir a buscarlos, tengo que encontrarlos y conseguir que me las devuelvan...

Oscar comprendió lo que había sucedido.

—Solo ha sido un sueño, Helena. Las figurillas siguen en la biblioteca. Nadie se las ha llevado... te lo prometo.

Helena se giró hacia él.

—¿Estás seguro de eso? ¿Es verdad que siguen allí?

—Naturalmente.

Helena sonrió como una niña.

—Sí, claro que sí...

Oscar la llevó a la cama, la acostó y la tapó con el edredón. Después, se sentó en el borde durante unos minutos, por si decía algo. Pero Helena se había quedado profundamente dormida y parecía una diosa bajo la luz de la luna.

Estaba tan guapa que hasta él mismo se sintió en mitad de un sueño. Y si hubiera sido posible, se habría quedado allí, observándola.

Se levantó, le dio un beso en la frente y salió del dormitorio.

Ya eran las nueve de la mañana cuando Helena despertó. Estaba tan agotada como si no hubiera pegado ojo en toda la noche y se sentía extrañamente embotada. Solo sabía que había tenido pesadillas. Y que guardaban algún tipo de relación con la llamada telefónica de Callidora, la mujer que había llamado a Oscar.

Entró en el cuarto de baño y se miró al espejo. Por el enrojecimiento de sus ojos, supo que había estado llorando en sueños.

Abrió el grifo de la ducha y se metió bajo el chorro con la esperanza de espabilarse, mientras intentaba recordar algún detalle de las pesadillas.

Y entonces, recordó uno.

Su padre la llevaba del brazo hacia un altar donde esperaba Oscar. Él se dio la vuelta y le dedicó una sonrisa encantadora; pero en ese momento, la felicidad de la escena se rompió con una mujer que salió de la nada, con un niño en brazos; un niño que Oscar alcanzó y apretó contra su pecho.

Disgustada por sentirse tan alterada por un simple sueño, Helena cerró el grifo de la ducha y se secó. Ahora estaba más segura que nunca de que su relación con Oscar no tenía futuro. Y en cuanto a Mulberry Court, los términos del testamento de Isobel carecían de importancia; dijera lo que dijera, esa propiedad no era suya.

Se vistió y se empezó a cepillar el pelo, pensando que estaba complicando absurdamente la situación. Al final, su conexión con Mulberry Court se rompería y ella tendría que volver a su vida de siempre.

Cuando bajó a la cocina, descubrió que Oscar le había dejado una nota en la mesa. Decía que se había ido a Dorchester y que volvería más tarde.

Helena se encogió de hombros y se preparó un té. Tenía intención de desayunar y de salir a buscar a Benjamin, por si le apetecía dar un paseo con Rosie. Y ya estaba a punto de hacerlo cuando llamaron al timbre de la puerta.

Al oír el sonido, supo que no podía ser el jardinero. Benjamin nunca llamaba al timbre. Y tampoco podía ser Oscar, porque tenía su propia llave.

Se acercó al vestíbulo y abrió la puerta. Era una mujer joven, de cabello oscuro, con tres niños pequeños a su lado.

—¿Señora Theotokis?

Helena quiso contestar, pero estaba tan sorprendida que no pudo.

—Siento molestarla... ¿podría hablar con el señor Theotokis?

Helena sacudió la cabeza.

—No, me temo que no está en casa. ¿La puedo ayudar?

—No, no lo creo —respondió la desconocida—. Quería hablar personalmente con el señor Theotokis para darle las gracias... ¿Sabe si tardará mucho? A los niños les gustaría verlo. Es importante para ellos.

Helena miró a los pequeños. Eran tres niños preciosos, de ojos claros y cabello negro.

—No sé cuándo volverá, pero si quiere que le deje un mensaje...

La mujer dudó un momento.

—No, no le puedo dejar un mensaje, es algo demasiado personal para solucionarlo así; pero no importa, hablaré con él en otro momento.

La mujer abrió el bolso que llevaba y sacó un sobre grande.

—Entre tanto, ¿podría hacerme el favor de darle esto?

—Cómo no...

—Hemos estado de vacaciones en Inglaterra, pero tenemos que volver a casa esta tarde —explicó—. En fin, encantada de conocerla. Y discúlpeme por haberla molestado.

La desconocida le estrechó la mano y se alejó.

Helena se quedó en la puerta, con el ceño fruncido, hasta que la mujer y sus niños se subieron al taxi que estaba esperando en el vado y desaparecieron en la distancia.

Más tarde, en la biblioteca, Helena abrió las ventanas para que entrara un poco de aire fresco. Tras respirar hondo, se fijó en que un rayo de sol iluminaba el lugar donde estaban sus figurillas preferidas.

Se acercó a ellas y las miró.

Eran absolutamente exquisitas. Su creador había conseguido que tuvieran vida propia, que parecieran reales. El pastor inclinaba la cabeza con amor hacia la pastora, cuya expresión era tan entrañable que a Helena se le hizo un nudo en la garganta.

Apartó la vista de las figurillas y la clavó en los ojos de Isobel, que la observaban desde el retrato de la pared.

En ese momento, tomó una decisión. Le pediría a Oscar que le regalara el retrato de su tía abuela. No sabía lo que pasaría cuando vendieran Mulberry Court, pero quería tener el honor de poner el cuadro de Isobel en su casa.

Oscar volvió un buen rato después. Helena se encontraba en el invernadero, leyendo un libro. Tenía el pelo suelto y se había puesto un sencillo vestido de algodón, de color crema, y unas sandalias.

Al verla, él carraspeó.

—¿Dónde has estado? —se interesó ella.

—En la ciudad. Quería hablar con John Mayhew.

—¿Con el abogado?

—Me llamó para decirme que ha recibido varias ofertas por Mulberry Court. Una cadena de hoteles, la Amethyst Trust, está interesada en la propiedad. Creen que sería un lugar perfecto para abrir uno de sus negocios... por lo visto, pretenden hacer una piscina y abrir un gimnasio, varias salas de tratamientos y hasta un centro de conferencias.

—Vaya...

—Pero si se salen con la suya, el viejo Mulberry Court desaparecerá para siempre –dijo él, hablando con una frialdad deliberada.

Helena frunció el ceño.

—En ese caso, espero que John les haya dicho que la propiedad no está en venta. Por lo menos, de momento.

—Eso ya lo saben, pero a esa gente le gusta hacer planes por adelantado. No les importa esperar si al final se salen con la suya. Al parecer, ya han discutido el asunto con la concejalía de urbanismo del Ayuntamiento, que se muestra favorable a concederles el permiso de obras. Pero primero, tendrán que comprar la propiedad.

Helena cerró el libro y se levantó.

—Pues teniendo en cuenta que tú y yo somos los dueños de Mulberry Court y los únicos que tienen derecho a venderla, le puedes decir a John Mayhew que los mande al infierno. Jamás permitiré que la propiedad acabe en manos de esa gente.

Oscar sonrió sin poder evitarlo. Sabía que Helena reaccionaría de esa forma.

—Bueno, todavía no tenemos que preocuparnos por eso –declaró con suavidad–. John se ha limitado a informarnos, como era su obligación.

—Sí, supongo que sí, pero...

Helena empezó a estornudar de repente. Oscar sacó un pañuelo del bolsillo de la chaqueta y se lo dio.

—Oh, no... es la tercera vez que me pasa esto. Parece que me estoy acatarrando. Esta mañana, me levanté con dolor de garganta.

—No me extraña en absoluto. Últimamente ha hecho un clima terrible.

—Y que lo digas.

—Y hablando del clima, hay algo que quiero hablar contigo.

—¿De qué se trata? —preguntó con curiosidad.

—Vamos a tomarnos unas vacaciones cortas. Necesitas tomar el sol, Helena.

—¿Vacaciones? ¿Qué tipo de vacaciones?

Él volvió a sonreír.

—Vacaciones en Grecia. Concretamente, en una isla que es de mi propiedad.

—¿Y vamos a dejar la casa vacía? ¿No te preocupa que entre alguien?

—La casa estará perfectamente a salvo. Me encargaré de que Benjamin se quede aquí y cuide de ella —contestó.

Helena se mordió el labio inferior. Siempre había deseado conocer la patria de Oscar, pero no estaba segura de querer ir con él. A fin de cuentas, solo serviría para prolongar una relación que, al final, se rompería de forma dolorosa.

Pero por otra parte, la idea de pasar unos días al sol y de no hacer nada salvo pasear y bañarse le parecía extraordinariamente tentadora.

—No sé, tendré que pensarlo. Aquí hay tantas cosas que hacer... y no estoy segura de si quiero ir —le confesó.

Oscar arqueó una ceja.

—Los dos necesitamos unas vacaciones, Helena —declaró con una sonrisa—. Reservaré los billetes de avión para pasado mañana. Así tendrás tiempo de prepararte.

Helena estornudó otra vez y se preguntó por qué estaba tan seguro de que se iría con él. Pero no dijo nada al respecto. Hasta ella misma sabía que, al final, se iría con él.

—Prepararé la comida dentro de un momento...

—Excelente.

—Ah, ya lo olvidaba... esta mañana llamaron a la puerta. Te han dejado un sobre.

Oscar la miró con sorpresa.

—¿Quién era?

—Una mujer con tres niños. Estaba empeñada en hablar contigo; por lo visto, era importante para los pequeños. Le pregunté si quería dejarte un mensaje, pero dijo que prefería hablar contigo en persona.

—Ah...

—La carta está en la mesa de la cocina. Supongo que lo explicará todo.

Helena se dio la vuelta y se alejó hacia la escalera.

Capítulo 9

HELENA subió a su habitación y se sentó a pensar en la empresa que, según el abogado, quería comprar Mulberry Court. No lo iba a permitir. Si la propiedad terminaba en sus manos, la convertirían en un frío complejo hotelero o, peor aún, derribarían la casa y destrozarían la belleza del lugar.

Sin embargo, nunca tendría la certeza de que los nuevos propietarios la respetarían. Aunque se la vendieran a una familia joven, como había indicado Isobel en su testamento, eso no significaba que, al final, no terminara en manos de los hoteleros. El dinero era una tentación muy poderosa. Y si les ofrecían lo suficiente, la venderían.

Además, Oscar se lo había dicho de un modo tan frío que estaba segura de que no compartía su opinión. Al fin y al cabo era un hombre de negocios y querría vender la propiedad al mejor postor. Pero no la podía vender si ella no le daba permiso y, por supuesto, no estaba dispuesta a dárselo.

Estornudó de nuevo, se limpió la nariz con el pañuelo que le había prestado y se secó las lágrimas de los ojos; unas lágrimas que no se debían únicamente a la irritación de sus conductos oculares.

Además del asunto de la casa, tenía varios motivos para estar deprimida; y todos ellos, relacionados con Oscar. Pero sabía que estaba siendo poco razonable. Oscar no era su novio; podía salir con todas las mujeres que quisiera. Y por otra parte, ni siquiera estaba segura de su relación con Allegra o la mujer que se había presentado con sus tres niños fuera de carácter romántico.

En cuanto al beso que le había dado, no significaba nada. Salvo que a él le gustaban las mujeres y a ella, los hombres.

Se metió en la cama e intentó olvidar el asunto, pero la verdad era demasiado evidente y dolorosa. Oscar tenía poder sobre sus emociones; tenía una capacidad asombrosa de hacerla feliz, de excitarla y de recordarle una y otra vez que, en el fondo de su corazón, seguía enamorada de él.

Pero la realidad era tajante. Al año siguiente, por las mismas fechas, habrían vendido Mulberry Court y ella habría regresado a Londres, donde se compraría una casa y buscaría un trabajo para mantenerse ocupada y dejar de pensar en el hombre de sus sueños.

Justo entonces, en mitad de su ejercicio de introspección, se acordó de que se iban a ir de vacaciones y volvió a estornudar.

No había sido una sugerencia. Oscar no le había

preguntado si le apetecía o no. Simplemente, había dicho que salían de viaje dos días después.

Helena había viajado poco durante sus veintiocho años de vida, y tras dar muchas vueltas al asunto, decidió aceptar la invitación de Oscar; a fin de cuentas, podía ser su única oportunidad de conocer Grecia y de conocerla con él, como había soñado tantas veces.

Sabía que no iban a ser las vacaciones de sus sueños; pero en cualquier caso, sería una experiencia interesante, una que seguramente no se volvería a repetir.

—El lugar adonde vamos es una isla pequeña –le informó él durante la cena–. Te encantará. Es preciosa y está bastante aislada... lleva ropa ligera, calzado cómodo y una buena cantidad de protección solar.

Llegaron al aeropuerto al mediodía del sábado, y veinte minutos después, se encontraban en el avión privado de Oscar. El proceso había sido tan rápido y sencillo que Helena no lo podía creer. Hasta entonces, su experiencia con los aeropuertos había sido de colas interminables y controles terriblemente molestos.

Cuando vio el interior del aparato, que parecía una salita de un hotel de lujo, se preguntó si aquello estaba pasando de verdad. Parecía un sueño.

Se sentó en uno de los sillones y Oscar se acomodó frente a ella y estiró los brazos por encima de la cabeza; llevaba pantalones oscuros y una camisa de algodón, también oscura.

—He pedido que nos sirvan la comida cuando hayamos despegado —le informó—. Espero que te parezca bien.

Helena se limitó a sonreír. De momento, no había nada que no le pareciera bien. Estaba tan contenta que se había olvidado de Mulberry Court.

Al cabo de un rato, una azafata uniformada les llevó la comida y se puso a hablar en griego con Oscar, que respondió en el mismo idioma. Por la actitud de la mujer, resultó evidente que respetaba mucho a su jefe, pero a Helena le pareció normal; a fin de cuentas, era el hombre que firmaba las nóminas.

Ya se habían quedado a solas cuando ella dejó el tenedor en el plato, se apoyó en el reposacabezas y dijo:

—Nunca había probado una ensalada tan exquisita. Gracias, Oscar. Ha sido una comida excelente.

La azafata volvió poco después y les retiró las bandejas. Oscar se dio cuenta de que a Helena se le estaban cerrando los ojos.

—¿Cómo te encuentras?

—Mucho mejor...

El sonrió y admiró su cuerpo. Aquel día se había puesto una falda de color rojizo y un top claro, sin mangas.

—Duerme una hora o dos —le recomendó—. Cuando aterricemos, nos estará esperando un coche que nos llevará al puerto; una vez allí, subiremos al barco y después, te enseñaré uno de los lugares más hermosos del mundo.

Se embarcaron a media tarde. Aristi, el dueño del barco, saludó a Oscar con entusiasmo, le estrechó la mano y lanzó una mirada de admiración a Helena.

Hacía mucho calor, así que Oscar la llevó a la proa para que pudiera refrescarse con la brisa.

—Aristi me ha dicho que va a hacer buen tiempo durante un par de semanas. Es una pena que solo nos vayamos a quedar dos días, pero te enseñaré todo lo que pueda... —Oscar se quitó las gafas de sol y se las puso en la cabeza.

—¿Cómo es la isla? —preguntó ella.

—Bastante desértica; solo tiene una pequeña zona con viñas y olivos, pero los turistas se mantienen alejados de ella porque no puede ofrecer gran cosa además de la belleza del paisaje y de la tranquilidad. La población local es pequeña.

—¿Y a qué se dedican los isleños?

—A la pesca o a cuidar de sus cabras y de sus huertos. El pueblo consiste en puerto y una docena de casas con un par de bares y un mesón, que es donde siempre me alojo. Cuando necesitan algo, viajan al continente.

Helena lo miró, pensativa. Oscar era un hombre rico, que podía ir donde quisiera; pero cuando se iba de vacaciones, elegía una isla remota y desértica. Por lo visto, sabía disfrutar de los placeres sencillos de la vida.

Al llegar al pequeño puerto, Aristi los ayudó a desembarcar y se despidió de Oscar con el mismo entusiasmo que le había dedicado antes.

–*Ade hasou! Kali tihi!* –exclamó.

–¿Qué ha dicho? –quiso saber Helena.

–Nos ha deseado que tengamos un buen día y que tengamos suerte –explicó mientras alcanzaba las maletas–. El mesón se encuentra a poco más de un kilómetro... ¿estás segura de que irás bien con esas sandalias?

–Sí, claro que sí.

Minutos después, Helena lamentó no haber hecho caso a Oscar. En lugar de unas sandalias, se tendría que haber puesto unas zapatillas. El suelo era rocoso y estaba lleno de piedrecitas que se le metían entre los dedos, pero apretó los dientes y siguió adelante; acababan de llegar y no podía empezar a quejarse.

Veinte minutos después, llegaron a un grupo de casas enjalbegadas de blanco y con persianas azules parcialmente tapadas con multitud de geranios de todos los colores. Por aquí y por allá se veían cabras sueltas. Y por todas partes crecían arbustos de buganvillas y matas de romero, entre otras hierbas aromáticas.

–Bienvenida a la civilización –dijo Oscar.

–Es precioso... parece salido de un cuento...

Oscar la miró, encantado con su reacción. Helena le dedicó una sonrisa.

—¿Por qué está todo tan tranquilo? —continuó ella.

—Porque es la hora de la siesta. Hace demasiado calor para andar por ahí... pero Alekos estará despierto; nos estará esperando —respondió—. ¿Puedes andar un poco más? Llegaremos en un par de minutos.

—No te preocupes por mí.

El mesón resultó ser un edificio como los demás, con geranios en las ventanas y un olivo delante de la puerta, al que habían atado un burro que ni siquiera los miró.

—Alekos tiene ese burro desde hace años. Por supuesto, ahora utiliza su coche cuando tiene que llevar algo; pero en los viejos tiempos, los burros hacían todo el trabajo de carga.

Oscar la llevó al interior del mesón, que estaba sorprendentemente fresco. Casi de inmediato, se oyeron unos pasos y apareció un hombre de ojos negros y mediana edad que saludó a Helena en griego y abrazó a Oscar, al que dio un par de sonoras palmadas en la espalda.

—¡Oscar! *Ya su! Pos ise?*

—Estoy bien, Alekos, muy bien... pero permite que te presente a Helena. Me temo que no habla griego.

El hombre le estrechó la mano.

—Encantado de conocerla, señorita. ¿Le apetece beber algo?

—Sí, gracias.

Alekos los llevó a un salón, donde se sentaron. Helena se quitó la pamela que se había puesto. Tenía sed, pero habría preferido darse una ducha.

—¿Dónde está Adrienne? —se interesó Oscar.

Alekos sonrió.

—En Atenas, con nuestra hija, que nos acaba de dar un nieto... Petros. Mi esposa volverá dentro de tres días, pero tú te habrás ido para entonces.

—Me temo que sí. Pero te felicito, amigo mío... ¡Un nieto! ¡Eso es toda una bendición!

—Y que lo digas.

Alekos les sirvió unos refrescos y, cuando se los terminaron, los acompañó a una habitación del piso superior que tenía cuarto de baño propio, una cama enorme y una colcha tan blanca que casi parecía imposible. Los suelos eran de tarima de madera, sin alfombra alguna, y no había más muebles que dos sillas y dos cómodas. Las persianas de las ventanas estaban bajadas, para que no entrara el calor.

Alekos se marchó y Helena se sentó en el borde de la cama.

Se había entusiasmado tanto con el viaje que no había preguntado a Oscar por los detalles del mismo. Y ahora, de repente, descubría que iban a compartir habitación y a dormir en la misma cama.

Oscar la miró y dijo, como si hubiera adivinado sus pensamientos:

—Los clientes siempre piden camas de matrimonio. Con tanto calor, resultan tan útiles como necesarias.

Él se quitó los zapatos y se sentó en el extremo opuesto de la cama, a bastante distancia de Helena.

–Cuando descansemos un poco y nos demos una ducha, te llevaré a dar un paseo. Alekos nos preparará una de sus magníficas cenas, pero te recuerdo que aquí se cena tarde... cuando cae la noche y baja el calor.

Oscar se tumbó y cerró los ojos, esperando que Helena dijera algo. Sin embargo, se limitó a quitarse las sandalias y a tumbarse bien lejos.

Él sonrió para sus adentros. No tenía prisa. Podía esperar un poco más.

Oscar se despertó un par de horas después. Helena seguía dormida. Se le había subido la falda y la camiseta se le había caído ligeramente, de tal manera que podía ver la curva de sus senos bajo el sostén de encaje. Le pareció tan bella que estuvo a punto de acariciarla y se tensó. Helena notó el movimiento, despertó de golpe y se sentó en la cama.

–¿Cuánto tiempo hemos dormido? –preguntó, sorprendida–. No puedo creer que me haya quedado dormida con tanta facilidad.

Oscar se levantó.

–Son las cosas del clima griego... me ducharé antes que tú, para que tengas tiempo de despertarte del todo. Más tarde, te enseñaré la isla.

Por fin, llegó el momento de salir de la habitación; pero esta vez, Helena fue más previsora y se puso unas zapatillas deportivas.

—La isla es tan pequeña que se puede recorrer en un par de horas —explicó él—. Pero hoy solo iremos a una cala que conozco... es un lugar agradable y fresco.

Helena respiró hondo y se dedicó a disfrutar del paseo. Estaba encantada con la tranquilidad del lugar y con la compañía de Oscar. Se llevaban tan bien como en los viejos tiempos. Hablaban cuando les apetecía y callaban después, sin que los silencios se volvieran incómodos.

En determinado momento, pisó mal una piedra y resbaló. No le pasó nada, pero Oscar la tomó del brazo de todas formas.

—Ten cuidado. El terreno es algo traicionero.

Mientras bajaban hacia el mar, pasaron junto a una ermita pintada de blanco.

—¿Podemos entrar? —preguntó ella.

—Naturalmente.

Oscar la llevó a la entrada y empujó la puerta. Al ver el interior, Helena se emocionó tanto que soltó un grito ahogado. Era precioso. Un lugar misterioso y oscuro, con tres filas de bancos y un altar sin más decoración que una cruz sencilla y un cirio. En uno de los laterales había un confesionario y una mesita donde ardían unas velas.

—¿Tienes monedas encima? Me gustaría encender una vela —dijo Helena.

Oscar sacó un par de monedas, que ella dejó en

el cesto de las donaciones. Después, alcanzó una de las velas apagadas y la encendió con una de las otras.

—Gracias. Tenía la necesidad de pedir algo —explicó.

—¿Qué has pedido? ¿O no lo puedo preguntar?

—Bueno, teniendo en cuenta que el dinero me lo has dado tú, supongo que tienes derecho a saberlo...

—Pues dímelo —Oscar le dedicó una sonrisa.

—He pedido que Mulberry Court siga como hasta ahora; que no caiga en manos de desalmados y que nunca se convierta en uno de esos hoteles monstruosos que habrían espantado a Isobel. Y también he pedido que su dueño cuide la propiedad con el afecto y el amor que merece.

Oscar no dijo nada, pero Helena tuvo la certeza de que comprendía y compartía sus sentimientos.

Salieron de la ermita y caminaron hasta llegar a una pequeña playa. Para entonces, el sol se había ocultado. A llegar a una duna, subieron a lo alto, se sentaron y se dedicaron a admirar la miríada de estrellas que decoraba el firmamento.

—El mar está realmente precioso, incluso con esta luz —dijo ella—. Me di cuenta por la tarde, cuando llegamos... toda esa mezcla de azul y turquesa. No había visto un mar tan bello en mi vida.

Él sonrió.

—Tendremos que darle las gracias a Apolo. A pesar de los siglos transcurridos, nos sigue enviando esa luz tan especial. Me alegra que lo hayas notado.

Helena giró la cabeza y se preguntó si había mencionado al dios de los clásicos para tomarle el pelo por haber entrado en la ermita del camino y encendido una vela. Pero eso carecía de importancia.

Permanecieron así durante unos minutos, sin hacer nada especial. Entonces, Oscar la miró y dijo, con voz ronca:

—Helena...

A continuación, la tumbó en la arena y la besó en los labios. Al sentir su contacto, Helena supo que estaba completamente perdida. Se encontraba en un lugar precioso, con el hombre más deseable del mundo, y nada de lo que pudiera vivir después se podría comparar con aquel momento.

Cerró los ojos y se dejó llevar por la caricia de sus labios y de su lengua, a la que respondió con el mismo fervor, con la misma urgencia y la misma necesidad, sin pensar en nada que no fuera disfrutar del presente.

—Helena —repitió él.

Oscar la empezó a desnudar. Y a medida que la desnudaba, le iba dando besos en la frente, en la nariz, en los labios, en la base de su cuello y, por último, en sus senos.

Sabía que la estaba excitando tanto como ella a él.

—Me haces feliz, Helena —susurró—. Siempre me has hecho feliz.

Helena no pudo hacer nada salvo repetir varias veces su nombre.

–Oscar, Oscar, Oscar...

Se sentía embriagada por sus caricias, por la visión de su piel oscura y por el brillo a la luz de la luna.

–Mi Oscar...

Él le hizo el amor lenta y apasionadamente, a sabiendas de que ninguno de los dos quería hacerlo deprisa. Y bajo el cuerpo desnudo y poderoso de Oscar, Helena se retorció y se movió de forma incansable, aumentando la intensidad, hasta que el placer la asaltó en oleadas y volvió a repetir su nombre.

–Oscar...

Cuando él llegó al orgasmo, se quedaron abrazados en la arena, en silencio, para no romper la magia del momento.

Y así permanecieron, inmóviles como estatuas, hasta que Venus se alzó lentamente por el oeste.

Capítulo 10

AL CABO de un rato, se tomaron de la mano e iniciaron el camino de vuelta. Al igual que antes, seguían en silencio porque ni él ni ella querían manchar la noche con palabras.

Helena giró la cabeza hacia Oscar y admiró por enésima vez su perfil duro, su frente ancha y aquella boca firme que besaba con tanta intensidad y de la que aún podía sentir su huella en los labios.

Solo entonces, habló.

—Alekos parece muy contento con su nieto.

Oscar se encogió de hombros.

—Por supuesto que sí. La familia es una parte fundamental de la cultura griega. Además, no se tiene un nieto todos los días...

Helena pensó que la familia de Oscar debía de sentirse muy orgullosa de él; sin embargo, también pensó que, si no tenía hijos, sería el último de la dinastía de los Theotokis.

Alekos les sirvió pulpo para cenar. Helena, que no estaba acostumbrada a tomar pulpo, se sorprendió mucho al descubrir que le encantaba. Además, era obvio que el dueño del mesón disfrutaba de su trabajo, porque se comportó como el mejor de los anfitriones.

Al final, tras beberse una botella de vino con Alekos para celebrar el nacimiento de su nieto, Helena y Oscar subieron a su habitación. Y esta vez, cuando ella vio la colcha blanca, no sintió el nerviosismo de la tarde; solo sintió un estremecimiento de placer ante la perspectiva de acostarse con él.

Minutos más tarde, Oscar la abrazó con cariño y la invitó a hacer otro viaje hacia el amor. Pero no fue como en la playa. Fue mucho más intenso, porque ahora se conocían mejor y su familiaridad aumentó la intensidad de las sensaciones.

Luego, todavía abrazados, el placer se disipó poco a poco en la noche. Y los amantes se quedaron dormidos.

Sus vacaciones pasaron tan deprisa que, antes de que se dieran cuenta, ya estaban volando hacia Londres.

Sentado frente a ella, Oscar la miró y se preguntó qué estaría pensando, qué habría detrás de aquellos ojos preciosos, a veces tristes.

Se giró hacia la ventanilla y contempló el paisaje. Todo había salido según sus planes. Y estaba seguro de que Helena había disfrutado tanto como él. Pero seguía sin saber lo que más le importaba, adónde les llevaría ese camino, qué se escribiría en el capítulo de sus vidas que empezaba a continuación.

En cuanto Helena, estaba más que confusa por la situación. Sus vacaciones habían sido maravillosas y su relación sexual, tan fantástica que no habría encontrado palabras para describirla.

Pero Oscar no había dicho que la amara; no había pronunciado la frase que deseaba oír, que necesitaba oír.

Era evidente que la deseaba, tan evidente como que su deseo era recíproco; pero se había limitado a repetir una y otra vez que era feliz con ella. Y se preguntó si eso era suficiente. Se preguntó qué significaba en realidad. Quizás insinuaba que podían ser felices juntos o, quizás, simplemente, lo decía para halagarla.

Frunció el ceño, cansada de pensar, y se dijo que seguramente no llegaría a conocer las respuestas a esas preguntas.

Acto seguido, volvió a mirar a Oscar. Tenía una expresión distante y supuso que estaría pensando en todo el trabajo que le esperaba cuando llegaran a Mulberry Court. A fin de cuentas, sus vacaciones habían terminado. No podían durar eternamente. Y su relación amorosa era una simple fantasía.

En ese momento, deseó ver a su amiga Anna para tener a alguien con quien poder hablar. Anna era una de esas personas que sabían escuchar y dar consejos útiles. Pero desde que se había marchado a Mulberry Court, solo habían hablado un par de veces por teléfono y no había tenido ocasión de hablarle de Oscar.

Horas después, llegaron a su destino. Tras una cena rápida, Helena se levantó de la mesa y comentó:

–Voy a subir a darme una ducha. Estoy cansada y quiero acostarme enseguida.

–Yo me quedaré un rato en el despacho. Tengo mucho que hacer...

Ella asintió.

–Buenas noches, Oscar.

–Buenas noches, Helena.

–Ah... y gracias por las vacaciones. Tu isla me ha gustado mucho.

Él le lanzó una mirada intensa. Ardía en deseos de confesarle lo que sentía y de saber si ella sentía lo mismo.

–Sabía que te gustaría tanto como a mí.

Helena no dijo nada.

–Por cierto –continuó–, quería decirte una cosa importante.

–¿De qué se trata?

–No te preocupes más por el futuro de Mulberry Court.

Ella arqueó una ceja.

–¿Que no me preocupe?

–No voy a vender la propiedad. Es decir, no se la voy a vender a desconocidos... quiero que permanezca en manos de la familia Theotokis. Algún día, cuando me case, viviré aquí con mi esposa. Si ella quiere, por supuesto.

Helena se quedó helada y lo miró con incredulidad. Oscar no había insinuado en ningún momento que tuviera intención de casarse. Era la primera noticia que tenía. Y no se le ocurrió la posibilidad de que se estuviera refiriendo a ella.

—Ah... bueno... me alegra saber que vas a salvar la propiedad de tu tía abuela. Espero que a tu esposa le guste tanto como a nosotros.

Los ojos de Oscar brillaron.

—No tengo la menor duda al respecto. Estoy convencido de que querrá pasar todo el tiempo que pueda en Mulberry Court, aunque tendrá que entender que mis obligaciones me llevarán lejos con cierta frecuencia.

—Seguro que lo entiende, Oscar.

Él se encogió de hombros.

—Ojalá. Pero la gente puede ser tan imprevisible...

Helena no dijo nada. Simplemente, le dio las buenas noches otra vez y salió de la cocina para dirigirse a su habitación.

Si Oscar le hubiera pegado un tiro en el corazón, no le habría sorprendido más ni se habría sentido más vacía.

Encontraba indignante que se hubiera marchado con ella de vacaciones y le hubiera hecho el amor si tenía intención de casarse con otra. Lo encontraba tan indignante que, de haber conocido a la afortunada, le habría dicho unas cuantas palabras desagradables sobre su futuro esposo.

Se sentó en la cama y sacudió la cabeza.

Estaba segura de que ninguna mujer griega soportaría el clima lluvioso y frío de aquel lugar. Y por supuesto, también lo estaba de que no sabría apreciar la belleza de Mulberry Court como ella la apreciaba. Adoraba cada rincón de la casa y de los jardines. Disfrutaba cada vez que se abría una flor en un arbusto y ardía en deseos de que llegara el otoño para poder ayudar a recoger la fruta.

Oscar cometería un error si se casaba con una mujer que no apreciara esas cosas. Simplemente, no sería capaz de vivir allí.

Pero después, cuando empezó a deshacer el equipaje, comprendió que eso era irrelevante. No estaba tan deprimida por el destino de Mulberry Court, sino por Oscar. Por mucho que le molestara, sufría un ataque celos. Oscar no la quería; nunca la había querido. Al final, se iba a casar con otra mujer.

Entre tanto, en el despacho de la planta baja, Oscar se sentía mal por lo que le había dicho. Sus palabras tenían una intención que Helena estaba lejos de adivinar. Las había pronunciado para declararle su amor y pedirle que se casara con él; pero en el último momento, no había encontrado el valor necesario.

Apretó los dientes y pensó que estaba pisando un terreno peligroso. Si daba un paso falso, perdería sus opciones con ella. Sabía que Helena lo deseaba, pero no sabía si confiaría en él, si le daría otra oportunidad después de lo que había pasado años antes.

–Oh, Helena...

Por suerte, Oscar era de los que pensaban que, en el amor y en la guerra, todo era válido. Y haría lo que fuera para convencerla. Esperaría hasta el momento preciso, cuando Helena ya no se pudiera negar.

A pesar de lo sucedido, Helena se despertó a la mañana siguiente de buen humor. Mulberry Court estaba a salvo. Oscar no iba a vender la propiedad a la cadena hotelera. Quería que permaneciera en manos de su familia.

Incluso se alegró de que hubiera elegido a otra mujer como esposa. Si era capaz de llevarla a cotas de placer como las que le había dado en la isla griega y de comportarse después como si no le importara nada, es que no merecía la pena. Oscar no conocía el significado del amor. Conocía la pasión, pero no el amor verdadero.

Se acercó a la cómoda y abrió un cajón para sacar una muda limpia. No sabía quién era la afortunada, pero sintió lástima de ella.

Ya eran las nueve cuando bajó a la cocina a desayunar. Al pasar por delante del despacho, oyó la voz de Oscar, que estaba hablando por teléfono con alguien. Por su tono, parecía ser algo urgente.

Puso una cafetera al fuego y sacó el pan para hacerse unas tostadas. Había tomado la decisión de comportarse con toda naturalidad cuando él apareciera, como si la noche anterior no hubiera pasado nada en absoluto.

A fin de cuentas, todo seguía igual.

Había ido a Mulberry Court para pasar una temporada y volver después a Londres. En ningún momento había pensado que Oscar pudiera formar parte de la ecuación. Pero tampoco había pensado que se acostaría con él ni que él la llevaría a Grecia, como le había prometido años atrás, en su juventud.

Súbitamente, sonó su teléfono móvil.

Era Anna, su vieja amiga.

—Hola, Anna...

—Hola, Helena. ¿Qué tal estás?

—Muy bien, ¿y tú?

—No podría estar mejor... ¿te acuerdas de aquella vacante de la que te hablé?

—Por supuesto.

—Pues ha salido antes de lo que esperaba. Quieren que el puesto esté cubierto a principios de agosto, así que será mejor que presentes la instancia.

Helena no dijo nada. Se había quedado muda.

—No puedes dejar pasar esta oportunidad –continuó su amiga–. Es justo lo que estabas buscando, es un trabajo pensado para ti. Y además, tiene la ventaja de que podremos vernos con frecuencia... te echo mucho de menos, Helena.

—Y yo a ti...

—Te enviaré los detalles a Mulberry Court, para

que les eches un vistazo y te lo vayas pensando. Pero no esperes demasiado.

—No, no, claro que no —acertó a decir.

—Seguro que te lo estás pasando en grande en ese sitio. Con tanta paz y soledad, no tendrás que preocuparte por los hombres —bromeó su amiga—. Ah... y no olvides que te puedes quedar con nosotros hasta que encuentres la casa de tus sueños.

Helena sonrió de oreja a oreja. Necesitaba hablar con su amiga; especialmente, después de lo ocurrido con Oscar.

Siguieron charlando un rato. Anna le amplió los detalles de la oferta laboral y le puso al día sobre lo que había estado haciendo. Cuando por fin cortaron la comunicación, Helena pensó que la llamada no había podido llegar en un momento más conveniente. Había servido para recordarle que debía pensar seriamente en su futuro.

Ya era hora de dejar Mulberry Court y de volver al mundo real. Quedarse allí era como esconder la cabeza debajo del ala.

Justo entonces, apareció Oscar.

—Hola —dijo ella—. ¿Quieres un café?

—No, gracias.

Oscar caminó hacia ella y se detuvo a su lado. Helena casi cruzó los dedos para que no la tocara. No habría tenido fuerzas para resistirse.

—Me acaba de llamar Anna, mi amiga de Londres. Me ha dicho que hay un puesto libre en su empresa... me enviará todos los detalles por correo, para que pueda presentar una instancia –le informó.

–Ah...

–Es un trabajo perfecto para mí; justo lo que estaba buscando. Pero no tendría que empezar hasta principios de agosto, de modo que puedo quedarme unas semanas más en Mulberry Court. ¿No te parece maravilloso?

En ese momento, Helena se dio cuenta de que Oscar estaba extrañamente serio; tan serio que preguntó:

–¿Ocurre algo?

–Tengo que volver a Grecia. Ahora mismo, esta misma mañana.

–¿Es tan urgente que ni siquiera tienes tiempo de tomar un café?

Él la miró con expresión lúgubre.

–Me acaban de decir que mi padre está ingresado en el hospital –respondió–. Al parecer, se está muriendo.

Capítulo 11

LOUISE volvió a Mulberry Court una semana más tarde. En cuanto lo supo, Helena salió de la casa y se dirigió al domicilio de su vieja amiga, a la que había extrañado. Además, necesitaba el alivio de hablar con otra persona y oír sus problemas.

Oscar se había marchado poco después de recibir la llamada sobre su padre. Al final se había tomado el café que le ofreció, aunque no quiso comer nada. Era evidente que la noticia le había afectado mucho, y Helena lo lamentaba sinceramente. Nunca olvidaría lo vacía y desesperada que se había sentido cuando le informaron del fallecimiento de su padre. La muerte era una consecuencia natural de la vida, pero eso no lo hacía más fácil.

Obviamente, Helena había expresado unas palabras de condolencia y apoyo, que Oscar le agradeció. Y antes de irse, le pidió algo que le sorprendió mucho: que no presentara la instancia para el trabajo de Londres hasta que el volviera de Grecia.

—Solo serviría para complicar las cosas —añadió de forma enigmática.

Helena no entendió lo que quería decir, pero renunció a preguntárselo. En ese momento, el estado de su padre era lo más importante; mucho más importante que una oferta de empleo, por mucho que le interesara.

Y le interesaba, como tuvo ocasión de comprobar dos días después, cuando recibió la información que Anna le había enviado por correo. Era exactamente lo que quería; el empleo encajaba tan bien con sus cualificaciones y necesidades que parecía pensado específicamente para ella.

Sin embargo, volvió a meter los papeles en el interior del sobre y ni siquiera se molestó en rellenar la instancia. Oscar le había pedido que esperara. No tomaría una decisión sin hablar antes con él.

Por fin, llamó a la puerta de la casita de Louise; pero no abrió ella, sino Benjamín, que llevaba una taza de café en la mano.

Louise apareció entonces con una bandeja y sonrió al ver a la joven.

—Oh, cuánto te echaba de menos... —Louise dejó la bandeja a un lado y le dio un abrazo—. ¡Quiero saber todo lo que ha pasado! ¡Tienes que contarme hasta el último detalle!

—Tú primero, Louise... ¿Qué tal está tu prima?

Benjamín carraspeó y dijo:

—Rosie y yo tenemos que irnos. Gracias por el café, Louise... es el mejor que he tomado desde hace semanas.

—Halagador... —protestó Louise—. Por cierto, esta

noche voy a preparar un pudin de riñones, Benjamin. Sé que te gusta mucho, así que estás invitado. Te espero a las ocho de la tarde, si te parece bien. Y sobra decir que tú también estás invitada, Helena...

Benjamin se fue y las dos mujeres se quedaron a solas. Helena insistió en que su amiga le hablara sobre el estado de su prima, pero Louise tenía otras intenciones.

—No, creo que tu historia es más interesante. Benjamin me ha dicho que Oscar se ha estado comportando de un modo...

Helena la interrumpió.

—Sí, bueno, ya sabes cómo es Oscar. Decidió quedarse a pasar una temporada, pero se ha ido a Grecia. Según parece, su padre está grave.

—Oh, cuánto lo siento.

—Y yo...

Louise permaneció un silencio durante unos segundos. Y cuando volvió a hablar, su voz sonó más animada.

—Benjamin y yo hemos estado hablando largo y tendido sobre Oscar y tú.

—¿Sobre Oscar y yo?

—Sí. Los dos creemos que sería maravilloso que os quedarais a vivir en la propiedad y que os casarais algún día.

Helena protestó.

—¡Louise! ¡Hay tantas posibilidades de que nos casemos como de que el tiempo empiece a correr hacia atrás! Oscar no se casaría nunca conmigo. Estoy segura.

—Yo no lo estoy tanto.

—¿Qué quieres decir?

—Es obvio que le gustas, Helena; siempre le has gustado. Acuérdate de todo el tiempo que pasabais juntos cuando...

Helena se encogió de hombros.

—Eso es agua pasada, Louise. Los dos hemos cambiado y hemos crecido. Y por otra parte, creo que Oscar no se casará nunca con una inglesa. Si llega el momento, elegirá una griega, una mujer de su país.

Louise apretó los labios.

—Pues el marido de Isobel no pensaba lo mismo... —le recordó—. Eran una gran pareja. Ese hombre la amaba con toda su alma.

—Sea como sea, Oscar Theotokis no comparte el criterio de Paul Theotokis —dijo, deseando cambiar de conversación.

Helena prefirió no hablarle sobre la intención de Oscar de quedarse con la propiedad y de vivir allí con su esposa. Al fin y al cabo, aún faltaba un año para la venta de Mulberry Court. Pero le emocionó que Benjamin y ella hubieran estado hablando sobre su relación con Oscar; significaba que los querían y que era importante para ellos.

Durante los días siguientes, tomó la decisión de no volver a pensar ni en él ni en la propiedad ni el trabajo de Londres hasta que Oscar volviera. Además, el plazo límite para la presentación de la instancia terminaba dos semanas después, de modo que tenía tiempo de sobra.

En lugar de eso, se dedicó a catalogar los libros de la biblioteca y a apuntar los títulos de los que pretendía llevarse. Pero era un trabajo más duro de lo que había imaginado. Los libros pesaban mucho y estaban llenos de polvo.

Un día, subió a su dormitorio con un taza de té y se sentó en la cama. Todas las habitaciones de Mulberry Court estaban decoradas con los muebles que Isobel había adquirido durante sus muchos viajes por el mundo. En el dormitorio de Helena había varios de origen indio, incluido el espejo y la cómoda. Y mientras admiraba el espejo, cuyo marco se había labrado a mano, se acordó de una cosa.

Sonrió, se acercó a la cómoda y abrió el cajón de abajo. Todos los cajones, salvo el que ella usaba para guardar su ropa, estaban vacíos; pero aquel era diferente. Tenía un botón que, cuando se presionaba, abría un compartimento secreto.

–Me pareció muy divertido cuando lo vi –le había dicho Isobel cuando se lo enseñó por primera vez–. No había visto un mueble tan bonito en mi vida... y cuando descubrí el compartimento secreto, me gustó mucho más. Pero ahora es tuyo, Helena.

Helena metió la mano en el compartimento, sacó los dos sobres que contenía y los miró con verdadero estupor.

Reconoció el primero de inmediato. Lo había encontrado en el despacho de su padre, después de su fallecimiento, y había obedecido las instrucciones que estaban escritas en la parte delantera: *Para ser devuelta, sin abrir, a Isobel Theotokis*.

Nerviosa, alcanzó el segundo sobre.

Para la señorita Helena Kingston, decía.

Tras unos instantes, Helena se dirigió al banco que estaba bajo la ventana y se sentó. Solo entonces, abrió los sobres.

Oscar avisó de que volvía a Mulberry Court a la semana siguiente. Y cuando llegó el día, Helena le esperó en un estado de confusión absoluta.

Por sus conversaciones telefónicas, sabía que Giorgios Theotokis había fallecido en presencia de su hijo, agarrado a su mano. Y por el tono de voz de Oscar, sabía que la experiencia había sido naturalmente traumática para él. Pero también sabía que un hombre como él, tan firme y resolutivo, se recuperaría pronto. Nunca había sido ni un derrotista. Seguro que se recuperaría antes que ella cuando le tocó sufrir la misma experiencia.

Pero a pesar de la noticia, Helena intentó recordarse que la vida seguía y que su futuro estaba lejos de resolverse. Seguía sin trabajo y sin casa. De hecho, lo único que le pertenecía en ese momento era el coche viejo que esperaba en un garaje de Londres y su propio, celoso y dolido corazón.

Tenía motivos de sobra para estar deprimida,

pero ella tampoco se dejó dominar por la tristeza. Al fin y al cabo, la esperanza era lo último que se perdía.

A las seis de la tarde del viernes, Helena estaba mirando el camino por los cristales del invernadero. Oscar había llamado para decirle que estaba en un atasco y que llegaría más tarde de lo previsto.

Helena se había llevado una sorpresa al saber que regresaba a Inglaterra inmediatamente después del entierro de su padre. De hecho, le pareció tan extraño que se lo comentó; pero Oscar dijo que había dos asuntos importantes relativos a Mulberry Court y que los quería solucionar tan pronto como fuera posible.

Cansada de esperar, se dirigió a la cocina y empezó a preparar una ensalada para combinarla con el jamón, el paté de pato y las cerezas que había comprado horas antes en un mercado de Dorchester. La mañana había sido preciosa y la tarde estaba siendo tan bonita como la mañana. El sol brillaba en el cielo y una brisa ligera arrastraba las hojas del jardín.

Helena echó un vistazo a la hora y se dijo que no podía desperdiciar una tarde como esa. Le apetecía dar un paseo.

Alcanzó una hoja de papel y escribió una nota para Oscar, que dejó encima de la mesa. Si efectivamente estaba en un atasco, cabía la posibilidad de que no llegara hasta una o dos horas más tarde.

Con un vestido de color azul, unas sandalias y el cabello recogido en una cola de caballo, Helena salió de la casa y empezó a caminar entre la hierba seca, pensando en sus días en la isla. Había sido una experiencia inolvidable, que contrastaba vivamente con la crueldad que había demostrado Oscar al insinuar que se casaría con otra mujer; por lo visto, creía que se contentaría con el anuncio de que no iba a vender Mulberry Court a la cadena hotelera.

Sacudió la cabeza y se maldijo a sí misma. La tarde era demasiado bonita como para estropearla con ese tipo de pensamientos.

Entonces, se acordó de Benjamin y de Rose y sonrió. Isobel había acertado al suponer que Mulberry Court sería perfecto para ellos. Y ahora, gracias a la decisión de Oscar, podrían quedarse y seguir formando parte de la familia Theotokis.

Sin darse cuenta, sus pasos la llevaron cerca del sauce. Por algún motivo, se había mantenido lejos de él desde su vuelta. No había sido una decisión deliberada, sino un acto inconsciente; quizás, porque asomarse entre sus ramas sería como echar un vistazo a una tumba; quizás, porque no quería despertar viejos fantasmas.

Pero esta vez, supo que terminaría allí y que se volvería a sentar en el tocón. Casi pudo oír la voz de su padre cuando la animaba a afrontar los problemas porque, desde su punto de vista, afrontarlo era encontrar la mitad de su solución.

Helena sacudió la cabeza y se dijo que, en ese caso, el problema no tenía solución. Pero a pesar de ello, apartó las ramas del árbol y avanzó entre la dulce y húmeda oscuridad.

Media hora más tarde, Helena oyó la voz de Oscar y sonrió. Se dijo que estaba soñando despierta, que se había dejado influir por los amables fantasmas del pasado que parecían reír y susurrarle secretos al oído.

—¡Helena...!

La voz sonó más cerca, pero Helena siguió sin abrir los ojos. Quería aferrarse un poco más a la ensoñación; disfrutar un poco más de ella.

Y de repente, la voz sonó a su lado.

—Sabía que estarías aquí.

Helena abrió los ojos y se encontró ante la mirada penetrante de Oscar. Durante unos segundos, no supo si estaba dormida, medio dormida o despierta. Pero cuando él se acercó y la tomó en brazos con tanta fuerza que la dejó sin aire, lo supo.

Estaba despierta y aquello era absolutamente real.

Sin decir una sola palabra, Oscar bajó la cabeza y la besó en el cuello y en los hombros antes de asaltar su boca con un deseo irrefrenable y profundo, como si solo la boca de Helena pudiera calmar su sed.

—Helena... —susurró.

Helena se aferró a él, decidida a disfrutar hasta el último instante de pasión que le ofreciera. Le pasó los brazos alrededor del cuello, le acarició el pelo y entreabrió los labios para recibir el contacto de su lengua. El calor y el aroma de Oscar la volvían loca. Hacían que se sintiera mareada, como si estuviera dando vueltas y más vueltas. Hasta el punto de que, si él la hubiera soltado, se habría caído.

Y luego, súbitamente, volvió en sí.

Empujó a Oscar y le lanzó una mirada llena de confusión. No podía seguir adelante. No iba a permitir que jugara con ella.

—Oscar...

—¿Sí?

—Esto no está bien.

—Yo diría que está maravillosamente bien...

—¿Y Allegra?

Oscar frunció el ceño.

—¿Allegra?

—Bueno, di por sentado que sería la mujer con quien te vas a casar, la mujer que vivirá contigo con Mulberry Court.

Oscar la miró con asombro y dijo:

—Allegra y Callidora Papadopoulos son viejas amigas de mi familia, pero solo eso. De hecho, yo diría que Allegra es algo así como la hermana que no llegué a tener.

—Pero...

—¿Qué, Helena?

—Su niño... el niño que ha perdido...

Él suspiró.

—Ese niño no tiene nada que ver conmigo —declaró con firmeza—. Aunque no está casada, Allegra está empeñada en tener hijos... pero hasta ahora, no ha tenido mucha suerte. Espero que algún día lo consiga.

Helena tragó saliva. Se alegraba de que Allegra no fuera la mujer con quien Oscar se iba a casar, pero eso no significaba que no se quisiera casar con otra.

Tras unos momentos de silencio incómodo, se preguntó por qué la habría besado Oscar y llegó a la conclusión de que quizás necesitaba un poco de afecto; al fin y al cabo, su padre había fallecido unos días antes.

—¿Cómo fue el entierro? —se interesó—. Espero que todo saliera bien...

Oscar sacudió la cabeza.

—Olvida eso, Helena. Ahora solo estoy preocupado por un par de asuntos que requieren mi atención.

—¿Te refieres a la casa y a tu intención de vivir en ella con tu esposa?

—Sí, me refiero a la casa y a mi intención de vivir en ella con mi esposa —respondió—. Esperaba que me pudieras ayudar.

—¿Ayudarte? ¿Yo?

—Sí, eso he dicho.

—Pues tendrás que darme alguna pista al respecto, porque te aseguro que no sé de qué manera te puedo ayudar...

—Te di una pista cuando volvimos de Grecia.

—¿Cuándo?

—Esa misma noche.

—No lo entiendo. No recuerdo que me dieras ninguna pista —comentó, completamente desconcertada.

Entonces, Oscar la miró a los ojos y pronunció unas palabras que Helena ya no esperaba oír de su boca.

—Te amo, Helena. Tú eres la mujer a la que me refería, la única mujer con la que he deseado casarme. ¿Cómo es posible que no te hayas dado cuenta?

Helena se había quedado atónita.

—¿Te referías a mí?

—Naturalmente...

—Oh, Dios mío. Habrás pensado que soy una estúpida...

Él la abrazó de nuevo y dijo:

—No, tú no eres una estúpida, Helena; eres la chica dulce, inteligente e inocente de la que siempre he estado enamorado, el motivo por el que no fui capaz de comprometerme con nadie más durante todos estos años.

Oscar la besó en la frente y siguió hablando.

—Cuando nos vimos de nuevo en el despacho de John, ya estaba convencido de que no me casaría nunca. Pero las cosas han cambiado tanto... necesito que comprendas por qué te abandoné en su día. Y necesito que me digas que te vas a casar conmigo cuanto antes, *kopella mou*...

Capítulo 12

VOLVIERON a Mulberry Court de la mano. Helena era tan feliz que se sentía embriagada. Siempre había tenido una imaginación desbordante, pero lo sucedido iba mucho más allá de lo que su mente hubiera podido imaginar.

Estaba como en el paraíso.

Al entrar en la casa, Oscar la llevó al invernadero y cerró la puerta. Ni siquiera se molestaron en encender las luces; la luz de la luna, que se filtraba por los cristales, era tan intensa que borraba las sombras de los rincones más oscuros.

Helena se sentó en el sofá y lo miró. Aquel era el hombre del que siempre había estado enamorada. Y de repente, cuando había perdido toda esperanza, le decía que la amaba y que se quería casar con ella.

Indiscutiblemente, era un sueño hecho realidad.

Pero antes de aceptar, necesitaba que le contara toda la historia. Porque tenía derecho a saber lo que había pasado.

—¿Por qué me abandonaste, Oscar? —preguntó en voz baja—. ¿Qué hice mal? ¿Por qué me dejaste de amar?

Oscar la miró con intensidad.

–¡No dejé nunca de amarte! ¡Y no hiciste nada mal! Tú no podías hacer nada mal... –respondió, desesperado.

–Entonces, ¿qué pasó?

–¿Te acuerdas del último verano que pasaste aquí? Fue justo antes de que te marcharas a la universidad.

–Sí, claro que me acuerdo.

–Pues bien, se presentaron dos problemas al mismo tiempo y me pidieron que volviera a casa con urgencia. Nuestra empresa se encontraba en una situación tan delicada que corría el peligro de quebrar en cualquier momento... Mi familia me necesitaba y no tuve más remedio que asumir la responsabilidad de dirigirla.

Helena se limitó a escuchar en silencio.

–Pero eso no fue lo peor. A mi padre le acababan de diagnosticar una enfermedad que no tenía cura y que lo condenaba a una decadencia lenta. Y ya sabes que mi padre era un hombre muy orgulloso. Había trabajado todos los días de su vida y no soportaba la idea de terminar en una silla de ruedas.

–Comprendo...

–Además, no quería que su estado se hiciera público; en parte, porque habría sido malo para la empresa y, en parte, porque odiaba que sintieran lástima de él. Por supuesto, tuve que hablar con los miembros de la junta directiva para que no dijeran nada... y el secreto se mantuvo durante una buena temporada, hasta que salió a la luz.

Oscar cerró los ojos un instante. Era evidente que los recuerdos le resultaban extremadamente dolorosos.

—Como ves, no tenía alternativa. No me quedaba más opción que asumir mis responsabilidades familiares... y tenía mucho que aprender de mi padre. Antes de que estuviera demasiado débil para poderme enseñar.

Helena asintió.

—Pero, ¿por qué no me lo dijiste? Yo lo habría entendido y te habría esperado tanto tiempo como hubiera sido preciso.

—Lo sé, pero no podía pedirle eso a una chica de dieciocho años, que estaba empezando a vivir —alegó él—. Tenías que conocer a otras personas, a otros hombres... merecías tener tu propia vida, una vida sin las cargas y responsabilidades que yo había heredado de repente.

—Oh, Oscar...

—Además, recuerda que yo no podía decir nada de la enfermedad de mi padre. No se lo podía decir a nadie; ni siquiera a mis seres más queridos. Le había dado mi palabra y no la podía romper.

—Pero fue tan duro para mí...

—Y para mí, Helena. ¿Crees acaso que no me arrepentía? ¿Crees que no me sentía mal? Te había perdido y ni siquiera te podía decir la verdad —declaró con tristeza—. Y he pensado tanto en ti... suponía que te habrías casado con otro hombre, y ese pensamiento me atormentaba constantemente. Hasta que al final, con el paso del tiempo, me concentré en el trabajo de tal manera que casi no sentía nada.

Helena se levantó, le pasó los brazos alrededor del cuello y apoyó la cabeza en su hombro. Oscar la apretó con fuerza y besó sus ojos.

—¿Tendré que arrodillarme ante ti para oír que te vas a casar conmigo, Helena? —preguntó en voz baja.

Helena sonrió.

—Ya conoces la respuesta a esa pregunta, Oscar. Solo necesitabas una cosa para conseguir mi mano... decirme que me amabas.

Sus labios se encontraron en el silencio de la habitación, con un beso tan sensual que los transportó a los días de su juventud; a unos días que no habían caído en el olvido y que estaban a punto de volver.

Al cabo de unos segundos, ella se apartó.

—Tengo algo que decirte. Algo sorprendente y maravilloso.

Él arqueó una ceja.

—¿De qué se trata?

—Hace unos días, encontré unas cartas en la cómoda de mi dormitorio. Aunque fue más bien como si ellas me encontraran a mí...

Oscar frunció el ceño.

—¿Como si ellas te encontraran?

—Bueno, como si estuviera destinada a encontrarlas.

—Te escucho.

—Estaban en dos sobres, uno dirigido a Isobel y otro, a mí. Eran cartas de Isobel y de mi padre, ordenadas por fecha. En la primera, Isobel le daba las gracias por un favor que él le había hecho... y a partir de entonces, parece que se estuvieron carteando durante años.

Helena respiró hondo y esperó unos segundos antes de continuar. Sus ojos se habían llenado de lágrimas.

—Son las cartas más bellas que he leído nunca. Cartas sobre el amor que fue surgiendo, poco a poco, entre ellos... es evidente que, al final, fueron amantes.

Ella se dio cuenta de que Oscar no parecía estar sorprendido por la revelación, pero pensó que era lógico; su tía abuela había sido una mujer muy atractiva y Daniel Kingston, un hombre encantador que, a pesar de haber trabajado toda su vida en el campo, tenía los modales de un caballero.

—¿Dónde dices que encontraste esas cartas?

—En la cómoda de mi dormitorio, en un compartimento secreto del cajón inferior. Isobel y yo éramos las únicas personas que conocíamos su existencia. Evidentemente, ella quería que leyera esas cartas. Sabía que las encontraría más tarde o más temprano... ¡Oh, Oscar! No sabes cuánto me alegro de que mi padre volviera a conocer el amor. Estoy tan contenta que podría estallar de alegría.

Ya era tarde cuando decidieron volver a la cocina y cenar. Oscar la observó mientras ella sacaba la comida del frigorífico y aliñaba una ensalada. Le gustaba ver cómo movía sus dedos largos y cómo fruncía el ceño mientras se concentraba en la tarea.

Cenaron en silencio, embriagados por el ambiente romántico del lugar y por la sensación de seguridad que los dos tenían de repente. De cuando en cuando, sus miradas se encontraban y se enviaban un mensaje silencioso; uno de esos mensajes que se habían guardado para sí durante años.

Pero Oscar sabía que había cosas que Helena debía saber. Si se casaba con él, su vida no volvería a ser igual.

Respiró hondo y dijo:

—¿Eres consciente de que nuestro matrimonio te cambiará completamente la vida? ¿Seguro que estás preparada? ¿Seguro que lo podrás soportar?

Helena lo miró con firmeza.

—Cuando la gente se compromete con una relación, su vida cambia. Eso no tiene nada de particular, Oscar.

—Sí, desde luego que sí. Pero sé que has trabajado mucho para llegar adonde estás y conquistar la independencia que ahora tienes. ¿Estás dispuesta a renunciar a eso? Porque yo no puedo renunciar a mi trabajo... jamás podré abandonar mis responsabilidades. Y me temo que también te afectarán a ti.

Oscar la tomó de la mano y siguió hablando.

—Tendré que pasar mucho tiempo en Grecia y viajar a menudo. Y a veces, tú tendrás que acompañarme... Naturalmente, Mulberry Court seguirá siendo nuestra casa en Inglaterra, pero no podremos volver tanto como nos gustaría. Supongo que tendremos que llegar a algún tipo de compromiso al respecto.

Helena lo miró con ternura. Pensó que, por mucho que le gustara Mulberry Court, nunca sería tan importante para ella como un hombre de carne y hueso, como el hombre del que estaba enamorada.

—Pero Oscar... ¿No es eso lo que Isobel hizo durante toda su vida? Trabajaba y viajaba frecuentemente en compañía de Paul, pero sus raíces seguían aquí —observó con una sonrisa—. Lo nuestro será una repetición de la historia. Y si lo que te preocupa es mi carrera profesional... bueno, siempre puedo ayudarte, ¿no? Me encantaría trabajar en tu empresa y conocer el secreto de su éxito.

—¿Lo dices en serio?

—Completamente en serio. Será un reto para mí. Y me encantan los desafíos —respondió con una sonrisa—. De hecho, creo que me encontrarás una candidata más que aceptable para el puesto de tu secretaria.

Oscar le dedicó una mirada llena de nostalgia.

—Hay otra cosa de la que tenemos que hablar, Helena.

—¿Otra cosa?

—Quiero que tengamos hijos. Varios hijos, de hecho... una familia grande. Pero no sé lo que opinas al respecto; nunca lo hemos hablado.

—¿Me estás pidiendo que me convierta en una fábrica de niños para asegurar la supervivencia de tu familia?

—No, claro que no... —Oscar la volvió a tomar de la

mano–. Quiero que tengamos niños por nosotros, por ti y por mí, para verlos crecer en Mulberry Court y que tengan los hermanos y hermanas que yo nunca tuve.

Él se encogió de hombros y siguió hablando.

–¿Y quién sabe? Si tenemos los suficientes y uno de ellos quiere trabajar en la empresa de la familia, me parecerá bien. Pero eso no es una condición necesaria para convertirse en un Theotokis. Además, creo recordar que en los términos del testamento de Isobel estaba su deseo de que Mulberry Court terminara en manos de una familia joven. En cierta manera, estaríamos cumpliendo sus instrucciones.

En ese momento, el teléfono de Helena empezó a sonar. En otras circunstancias, no habría contestado; pero era Louise y quiso saber lo que ocurría.

Momentos después, cortó la comunicación y miró a Oscar.

–Louise me ha pedido perdón por llamar tan tarde, pero quería saber si nos apetece ir a su casa. Por lo visto, es el cumpleaños de Benjamin.

Ya había pasado la medianoche cuando Oscar y Helena salieron de la casa de Louise e iniciaron el camino de vuelta. Era una noche preciosa, con los aromas típicos del verano, desde la madreselva al espino. Helena alzó la cabeza para admirar las estrellas y él le pasó un brazo alrededor de la cintura.

–¿Y bien? ¿Tú sabías algo al respecto?

Helena sonrió.

–Más o menos –dijo.

En realidad, Helena no se había llevado ninguna sorpresa cuando Benjamin les pidió permiso para marcharse de vacaciones con Louise durante unos días, ni cuando les preguntó si podía llevar a sus hijos, Andrew y Daisy, a Mulberry Court; por lo visto, les había hablado tantas veces de la propiedad que ardían en deseos de conocerla.

–¿Más o menos?

–Bueno, habría que estar ciego para no darse cuenta de que Benjamin y Louise se llevan muy bien. Y sinceramente, me alegro mucho por ellos... además, a Louise le encantan los niños y disfrutará mucho con los de Benjamin.

–Sí, es posible...

–¿No sería genial que Benjamin y Louise se convirtieran en pareja?

–Por supuesto que sí –respondió Oscar–. Y ahora que lo pienso, puede que eso estuviera en los planes de Isobel... siempre fue una romántica empedernida.

Helena sonrió.

–No me sorprendería nada en absoluto... por cierto, acabo de caer en la cuenta de un detalle muy interesante.

–¿Qué detalle?

–Que no les has dicho nada sobre los nuevos propietarios de Mulberry Court –respondió con humor.

Oscar también sonrió.

–Es que no me ha parecido el momento más oportuno. Además, entre sus preguntas sobre mi padre y sus explicaciones sobre el viaje que van a hacer a Londres y la visita de los hijos de Benjamin...

—Sí, eso es cierto.

—Sin embargo, estoy seguro de que se llevarán una gran alegría cuando lo sepan. Pero prefiero esperar un poco antes de hacerlo público; quiero disfrutar de este momento tanto como nos sea posible.

Entraron en la casa y avanzaron por el pasillo. Al pasar por delante de la biblioteca, Oscar tomó a Helena de la mano y la llevó hasta el retrato de Isobel.

—Tía abuela... —dijo, mirándola—, ¿se puede saber qué más has tramado?

Helena se acercó al lugar donde estaban las estatuillas y miró a Oscar.

—¿Sabes una cosa? Estas figurillas son los únicos objetos de Mulberry Court que he deseado siempre. Lo demás no me importa.

Oscar lo sabía perfectamente. Helena era la mujer más generosa y desprendida a la que había conocido. Y la pesadilla que había sufrido aquella noche, cuando se despertó y creyó que las figurillas habían desaparecido, lo demostraba.

Súbitamente, Helena se acordó de algo que había olvidado por completo; algo que quería preguntar a Oscar y que siempre dejaba para más tarde porque ya no tenía la menor importancia.

—¿Quién era la mujer que apareció el otro día?

—¿Qué mujer?

—La de los tres niños.

—Ah, esa mujer...

Oscar frunció el ceño como si intentara recordar algo. A continuación, se acercó a uno de los estantes y alcanzó un sobre que había dejado encima de los libros.

Sin decir una palabra, se lo dio a Helena, que lo abrió lentamente.

En su interior, había una carta escrita a mano y dos dibujos infantiles con corazones, flores y un *gracias* enorme.

La carta, firmada por Maria, Antonio y Paolo Giolittim, decía así:

Querido señor Theotokis:

¿Qué palabras pueden expresar, en este o en cualquier otro idioma, la gratitud que se siente por el regalo de la vida? Tal vez recuerde el accidente de tráfico que mi familia y yo sufrimos hace tiempo, cuando estábamos de vacaciones en la zona. Más tarde, supe que usted fue la persona que nos rescató de una muerte segura. Estuvimos en el hospital una temporada, pero al final nos recuperamos. He intentado ponerme en contacto con usted varias veces, sin éxito. Solo espero que, algún día, mis hijos y yo tengamos ocasión de agradecerle adecuadamente lo que hizo por nosotros. Pero hasta entonces, gracias. De todo corazón, señor Theotokis.

Helena intentó decir algo, pero estaba tan emocionada que no podía hablar. Casi se le saltaban las lágrimas.

—¿Te acuerdas de nuestro primer fin de semana?

—Sí, claro...

—¿Recuerdas que llegué tarde al Horseshoe?

Helena se sintió profundamente culpable al recordarlo. Aquella noche, pensó que el comportamiento seco de Oscar se debía a que su viaje había durado más de lo que tenía previsto; pero evidentemente, estaba afectado por el accidente de la señora Maria y de sus dos hijos.

—¿Qué ocurrió?

Oscar se encogió de hombros.

—Fui el primero en llegar... simple casualidad, claro. Se habían quedado atrapados en la parte trasera del coche, que estaba en llamas; pero las portezuelas estaban atascadas y no podía abrir, así que rompí una de las ventanillas.

Helena se estremeció al imaginar la escena y se odió a sí misma por haber pensado mal de él en el momento y más tarde, cuando la mujer y sus tres hijos se presentaron en Mulberry Court para dar las gracias a su salvador.

Evidentemente, sacar conclusiones apresuradas era un error.

Con mucho cuidado, guardó la carta en el sobre y la volvió a dejar en la estantería, encima de los libros.

—Y yo que me preguntaba si esos niños serían tuyos...

Oscar sonrió.

—No tengo hijos, Helena. Todavía.

–Sí, ya lo se.

Subieron juntos por la escalera. Oscar la llevó a su dormitorio y cerró la puerta a sus espaldas. Luego, sin encender la luz, la tomó de la mano y se acercaron a la ventana para ver el paisaje. Todo estaba tan tranquilo como sus propios corazones, dominados por la paz de saber que, al final, después de tanto tiempo, tenían lo que querían.

Entonces, él la abrazó con fuerza y ella apoyó la cabeza en su cuello e inhaló el aroma cálido de su piel. A continuación, apretó sus suaves curvas contra el duro pecho de Oscar, alzó la mano y le acarició los labios con el índice, que él mordió con dulzura.

–Oscar, ¿tenemos que... ?

–¿Sí?

–¿Es absolutamente necesario que nos casemos en Grecia? –preguntó con incertidumbre.

–¿Por qué lo preguntas?

–Porque me encantaría casarme en...

Oscar la interrumpió.

–Podemos casarnos donde quieras, Helena. Pero con una condición.

–¿Cuál?

–Que sea pronto.

Helena sonrió.

–Entonces, me gustaría casarme aquí, en el jardín de Mulberry Court. Y quiero que sea una boda con pocos invitados... aunque sobra decir que podemos celebrar una ceremonia más grande en Grecia, si el protocolo lo exige.

Oscar asintió.

–Bueno, no sé si el protocolo exige una ceremonia grande –ironizó él–, pero eso carece de importancia en este momento. Yo también quiero que nos casemos en Mulberry Court, Helena. Y quiero que, cuando pronunciemos nuestros votos, los pronunciemos delante de nuestros seres más queridos.

Helena casi pudo imaginar el instante.

Se vio a sí misma con un vestido sencillo, de algodón blanco y encaje, más una rosa en el pelo y un ramillete de flores en la mano.

Un vestido que compraría con la modesta suma de dinero que su padre le había dejado en herencia. A fin de cuentas, lo había estado guardando para una circunstancia verdaderamente especial.

Estuvieron abrazados, sin decir nada, durante un rato. Helena estaba asombrada con el efecto de la felicidad sobre su cuerpo; era tan intensa que las mejillas se le habían teñido de rubor y le daban escalofríos.

De repente, después de uno de esos escalofríos, Oscar le dedicó una mirada ardiente y más explícita que todas las palabras del mundo. Después, bajó la cabeza, la atrajo hacia sí y le dio un beso mientras ella le pasaba los brazos alrededor del cuello.

Un beso dulce, pero apasionado.

Un beso lleno de pasión.

Solo entonces, en el momento preciso, Oscar la llevó a la cama, donde se sentaron. Helena se inclinó hacia delante y se empezó a quitar las sandalias, perfectamente consciente de que él le había bajado la cremallera del vestido y estaba a punto de soltarle el sostén.

Acto seguido, la tumbó y se echó a su lado.

Helena giró la cabeza para mirar sus ojos, esos ojos negros e impenetrables que habían rondado sus sueños durante tanto tiempo.

–Volviendo al asunto que me comentabas antes, he pensado que... –dijo ella.

–¿Qué asunto? –la interrumpió Oscar.

–El de los niños, naturalmente –respondió.

–¿Y qué has pensado?

–Que podríamos tener dos de cada, si te parece bien.

Oscar sonrió con picardía.

–Me parece perfecto, para empezar. Y como no hay mejor momento que el presente, *kopella mou...* empezaremos esta misma noche.

Bianca.

Ella guardaba un impactante secreto...

A Louise Anderson le latía
con fuerza el corazón al
aproximarse al imponente
castello. Solo el duque de
Falconari podía cumplir el
último deseo de sus abue-
los, pero se trataba del mismo hombre que le había dicho arrivederci sin mirar
atrás después de una noche
de pasión desatada.

Caesar no podía creer que
la mujer que había estado a
punto de arruinar su reputa-
ción todavía le encendiera la
sangre. Al descubrir que su
apasionado encuentro ha-
bía tenido consecuencias,
accedió a cumplir con la petición de Louise… a cambio
de otra petición por su parte:
ponerle en el dedo un anillo
de boda.

Deshonra siciliana

Penny Jordan

Deseo

Honradas intenciones

CATHERINE MANN

El comandante Hank Renshaw lo sabía casi todo sobre Gabrielle Ballard. Casi todo salvo cómo sería acariciarla porque era la prometida de su mejor amigo. O lo había sido hasta que Kevin murió en el campo de batalla, después de hacerle prometer que buscaría a Gabrielle.

De modo que estaba en Nueva Orleans, en el apartamento de Gabrielle, viéndola darle el pecho a su bebé. No era el honor ni el sentido del deber lo que hacía que quisiera quedarse, sino el deseo que sentía por ella, así de sencillo; el deseo de tomar a la mujer a la que siempre había amado y, por fin, hacerla suya.

Cuenta conmigo

¡YA EN TU PUNTO DE VENTA!

Kiara Frederick llevaba una vida normal hasta que, tras su arrebatadora aventura con el jeque Azrin, se vio con el anillo de diamantes más grande de todo Khatan y descubrió que no solo se había convertido en princesa, sino también en propiedad pública de la noche a la mañana.

Mientras Azrin se preparaba para acceder al trono, Kiara descubrió que la vida de palacio podría destruir su antes fuerte matrimonio. Pero los reyes de Khatan no se divorciaban, y las reinas de Khatan no debían siquiera planteárselo.

¿Lograría Kiara mantenerse firme ante aquel deseo tan ardiente como la arena del desierto?

Un reino para un jeque

Caitlin Crews